驾车的喜悦

一路驾车一路记

一路都要补水

我们与海泉在一起

驾车返程

一路向南

胡世宗——著

中国大百科全书出版社

图书在版编目（CIP）数据

一路向南/胡世宗著．—北京：中国大百科全书出版社，2021.1

ISBN 978-7-5202-0874-1

Ⅰ.①一… Ⅱ.①胡… Ⅲ.①散文集—中国—当代 Ⅳ.①I267

中国版本图书馆 CIP 数据核字（2020）第 244484 号

出 版 人 刘国辉
责任编辑 程广媛
封面设计 上尚设计
版式设计 博越创想
责任印制 常晓迪
出版发行 中国大百科全书出版社
地　　址 北京市阜成门北大街 17 号　　**邮政编码** 100037
电　　话 010-88390969
网　　址 http://www.ecph.com.cn
印　　刷 北京地大彩印有限公司
开　　本 787 毫米 ×1092 毫米　1/32
印　　张 7
字　　数 90 千字
印　　次 2021 年 1 月第 1 版　2021 年 1 月第 1 次印刷
书　　号 ISBN 978-7-5202-0874-1
定　　价 49.00 元

序

写给老爸的飞驰人生

胡海泉

我老爸老妈做过很多老年人不会去做的事儿。我今天要提的，是直到今天我仍坚决反对的事情。一对儿已过古稀之年的老人家，开着自己的一辆老轿车，驾车几千公里，纵穿华夏大地，从东北沈阳直到海南博鳌……作为儿子，无论如何我都要劝阻。自驾游在中国不是什么新鲜事，可是他俩在没有他人陪伴的情况下，每天奔驰在中国复杂又热闹的高速公路网络里，面临的未知、困难以及危险可想而知。所以，在他们

“一意孤行”地踏上海南自驾之旅的数天里，我和姐姐一直忐忑不安、提心吊胆。我不敢给他们打电话，怕他们在路上接电话有危险。只能等姐姐通过手机同步定位确定他们在停车休息或者夜宿某地的时候，我们才敢联系。不过，得知他们顺利完成“壮举”抵达目的地时，不仅仅是一块石头终于落了地的开心，更有一份自豪以及敬佩之情。他们还追求圆满，在次年春天，又从海南博鳌驾车数千里，返回了春意渐浓的东北！

说走就走的人生是真正自由和痛快的。爸妈能在晚年过得这般惬意快活，我由衷地羡慕。

老爸是以执笔为生的，他的足迹遍布祖国大江南北：南至西沙群岛；北至漠河北极村；亲赴中越边境战事的最前线；两次重走红军长征路，创作了《沉马》；来到“东方第一哨”乌苏镇哨所，写出《我把太阳迎进祖国》……最可贵的是，他对未知的事情从未失去过好奇心。每次老爸和我说起一件新鲜事或者新的写作题材时，他都像一个初出茅庐的少年一样充满激情。什么叫年轻？这就叫年轻！谁说青春只关乎时间维度，我觉得只要长存好奇心和探索的勇气，青春便可永驻！

读了这本书稿，他们一路南下的那些生动可爱的画面，就会在我的脑海里鲜活起来，甚至走错了路、加不了油、住错了店的烦恼和担忧，都变得那么有趣了。回首过去最大的价值就是能够重新定义曾经所谓的“挫折”。不管我们生活里有多大的麻烦和失败，拉长了时间的跨度后，都会变得越来越有趣儿，当一切痛苦的往事成为今天的笑谈，我们的人生便圆润了。

很喜欢老爸南行中记录的那些良师益友的故事，以及不时地在不同的地点回述他生命中的一些重要或者难忘的经历。它使我能够更加深入地了解父亲的人生，也使我更加理解了我们国家20世纪的社会面貌。老爸还有心地把自己认可的自驾攻略细致地讲解一遍，说不定会帮到很多自驾的读者呢……

读完这本书稿，除了佩服老爸，我更佩服书里的女主角——“副驾驶”——我的老妈！她义无反顾地支持老爸自驾赴海南，只能说明，平日看起来严谨的她，也是一个不怕险阻的老顽童。像“含糖球比赛”“卡拉OK比赛”，她都是发起者，也是老司机最大的竞争对手。读着那些文字，想象着他俩一路上的欢歌笑语，我真的好羡慕。

人生有个这样的伴儿，夫复何求！！！

坐在副驾驶位置上的老妈，对于赛车团队来说，那就是“领航员”。领航员往往在每一个路口和转弯处对转弯角度和速度变化做出预判，驾驶员必须百分百地信赖领航员并坚定地执行，这样他们才能共同完成充满挑战的比赛。老爸做了一辈子风光的赛车手，最最关键的原因是他找对了领航员！

每一代人有每一代人的生命观和生活态度，我们既不必刻意苟同，也不用互添烦恼。所谓代沟，无非就是那些别人经历过而对于我们却陌生到无所谓的不同而已。代际共融，不就是不把自己的认知强加给比我们年长或者年幼的人吗？每一次看老爸用老爸的眼睛和笔触去发现和描绘人生，我都有新的收获。我不禁期待，他们俩下一次的疯狂之旅会怎样呢？

目录

给孩子们留了一张小纸条儿

我要自己驾车从沈阳出发去海南了！

我把这个信息发布之后，立即引爆了我的朋友圈，大家七嘴八舌，议论纷纷，支持者无，反对者众。我最亲爱的闺女、儿子、女婿、外孙，全都不同意。我忽然觉得自己瞬间成了孤家寡人！除了我老伴儿之外，没有一个人赞成。

海泉甚至说："爸，您不就是在海南需要用车吗？我给您提供保障不就行了吗？"

在海南生活需要一辆车，这是事实；但这不是我要从沈阳自驾到海南的全部缘由，可以说这里面深含着我的一个心结、一个夙愿、一个目标，就是我特别想自己开这么一趟长途车，做这么一件从未做过又很想做的事，考验一下自己的意志，考查一下自己的车技，检查一下自己的身体。一个七十有五的老者，在年近花甲的年岁学会了开车，曾经自驾到北京，自驾到大连，自驾到北戴河，自驾到鞍山……那个时候觉得自驾到北京就是最远的了，即使这样的距离也有十几年没跑了。

现在，能不能从沈阳自驾到海南、意志强不强、车技高不高、身体好不好，这都不是在海南帮我借一辆车或租一辆车所能解决的。

直到我们动身出这趟远门，我听到的声音还都是：

“胡闹！胡闹！”

“快打消这个念头吧！”

“干什么非跑这么老远呀？”

“你以为你是个小青年儿啊？”

我老伴是我最坚定的支持者，甚至可以说是最热烈的鼓动者。如果没有她的支持和鼓动，也许我不会把这个想法变成现实。每当我们说到这个计划时，她从始至终就没有动摇过。

当我的好朋友臧永清听说我老伴支持我自驾到海南时，曾亲切地埋怨道：“这个傻老太太！”

既然成了“孤家寡人”，也就不期望有什么欢送的队伍。

我们悄悄地踏上了远征的道路。

我们离家的时候，默默地在餐桌的大玻璃板底下，压了一张提前就打印好的纸条儿，标题是《给海英海泉的留条儿》。这张纸条儿有遗书的意味：

一个人能知道自己是哪年哪月哪日出生的，却不能准确地知道会在哪年哪月哪日离开这个世界。人在一生中会遇到许多意外，意外的惊喜，意外的不幸。

我们是天生的乐观派，我们不在乎生

活中的坎坷与不顺。我们去西藏，有人说那可太危险了，你们年纪这样大，弄不好要把老骨头扔在那里了。我们想，如果真有那么一天，把老骨头留在雅鲁藏布江也是一桩美事。环球游时，有人说那么远的航程，万一走到哪个水域，遇到台风，翻了船，不毁了吗？我们想，真的能把自己葬在遥远的太平洋里，不是比死在哪家医院的病床上要好很多吗？

我们就是这样的人！

这次开车去海南，你们都不赞成，甚至极力反对。但车在我们手上，路在我们脚下，你们反对无效。我们想挑战一下自己：七十五岁能不能把车开到海南岛上？

这条路大约 4600 公里，我们换了四个轮胎，手机上下载了导航，一路的酒店也预订好了，也办了 ETC，我们在物质上、思想上、精神上做好了充分的准备。相信我们一路会顺利的。

万一我们出现了什么情况，是我们自己的责任，与儿女无关，与亲友无关。

唯一放不下的是我的创作任务尚未完成，特别是近期的《我与浩然》这本书及相关的《我与刘白羽》《我与臧克家》两本，希望能顺利出版，还有我的日记，继 2015 年 5 月底后到现在的，应该可以编卷十八、十九、二十了……

下面是关于房产、存款及名人赠给我的所有的字画、我的全部藏书归属的明确交代。

最后，还有这样一节：

我们坚决反对购买墓地和保存骨灰！我们分别出生在沈阳市区和新民县，请把骨灰撒在我们亲爱的母亲河——浑河中。只把对我们的忆念保存起来就好。这一条最为重要，谁违背了这一条，就是不肖子孙，应被视为大逆不道！

下面是我们俩的签名，在签名后面我们各自按了手印。

落款：2017 年 11 月离开沈阳的日子。打印这个留言的时候也没确定哪天出发。

这个留言，说明我们不是盲目地开启这样一次远行，而是有相当充分的准备，连最坏的结果都预想到了。当然我们不希望最坏的结果发生，最后也真的没有发生。

归零，归零，一切从头开始

我们从沈阳向海南岛的自驾行，于 2017 年 11 月 3 日的早晨正式开启。对于我们来说，这是一个不平凡的日子，是把我们自驾海南的计划和梦想付诸实施的第一天。

沈阳市区在每年的 11 月 1 日开始供暖。在供暖之前我们办理了采暖停供手续，在供暖开始的第三天我们从渐寒的北方出发了。

小的时候，每当深秋天气变冷时，天上的大雁就会南飞。大人告诉我们，这些大雁就是候鸟，它们随季节进行周期性迁徙，深秋陆续飞往南方越冬，第二年春暖花开时再飞回来。

近年来，从全国各地特别是从东北三省来到海南过冬的老人越来越多，他们成了“候鸟一族”，这也成了一种特殊的文化现象。2013 年 8 月，为了更好地关心海南省候鸟老人的晚年生活，让他们老有所为，老有所乐，由海南省民政厅筹备、海南省文体厅主管的海南省候鸟族文化研究会正式成立。研究会下设文艺部、法律部、福利部、会刊部……在候鸟族老人中间开展旅游、度假、讲座、学习、沙龙、相亲等活动。

我们也成了这样的“候鸟”。

凡是远行，凡是长途驾车，我们都习惯天蒙蒙亮就早早出发。在大批车辆还没开上高速公路的时候，路上还没有拥堵的时候，我们就已经跑了一大段路了。

2017 年 11 月 3 日早上 5 点，我们起床了。“上马饺子下马面”，按照习俗，我们煮了热气腾腾的饺子。

衣服、鞋子、床罩、水果、核桃、花生、葵花籽、鸭蛋、鸡蛋、挂面、大米……还有我写作要用到的资料、图书、笔墨纸砚，这些东西把车的后座和后备厢装得满满登登。

天亮了，我们出发了。

出发前，有一个庄重的仪式，就是把车上里程表的数字归零。这时的时针恰好指向早上 6 点整。

归零，看上去只是用手按一下，但这个简单的动作饱含深意！

“归零”，这极富诗意的两个字，在将要踏上自驾海南漫长征程的时刻，给了我灵感以及关于人生和事业的思考。

这一归零，就从几万公里变成了 0000，这意味着之前所有的记录都不见了。我的一切要重新开始了！

归零，让坏的不要影响未来；

归零，让好的不要迷惑现在。

归零，不突出曾有的令人欣喜的成功；

归零，隐去那曾有的让人沮丧的失败。

我们的手表，在每一天夜里归零，一天 24 个小时结束了。新的一天从0时0分0秒重新开始了。

有人说："攥紧巴掌，手里什么都没有；张开双手，就会拥有整个世界。"

此刻，我把车上的里程表归零，就是表明以往的"成绩"都不重要了，我的路要重新开始，我的里程，1公里、2公里、3公里……要重新累积了。

对海南我早已心驰神往

这次远行的目的地是海南。

我曾两次踏上这个南海大岛，那时这里还是一片蛮荒之地。

一次是1980年，当时我所在的沈阳军区接到军委命令，派出文工团小分队慰问守卫在南海西沙的将士。这个文工团小分队十分精干，28个人，个个都是专业演出人员。当时，王刚与阎月明说相声，黄宏自己表演山东快书，金星在舞剧《金山战鼓》中扮演梁红玉的儿子。小分队的领导朱光斗与王铁虎一起表演快板，只有总领队陈广生一人是“脱产”的，不参加任何表演。眼看我想随队前往海南和南海的愿望就要泡汤了，军区接到海军方面的电函：邀请沈阳军区文化部胡世宗同志随小分队采访并创作海军题材的文学作品。这对我是莫大的支持和鼓舞！这是两位作家——海军政治部文化部文艺处的杨肇林处长和卢晓渤干事，特意为我向上级争取的宝贵名额。

那是我第一次登岛，那时只有崖县而没有三亚市，三亚当时只是军用机场的冠名（三亚市是 1984 年 5 月 19 日经国务院批准撤崖县成立市的）。崖县的街道两边，戴着宽边斗笠的渔女在摆摊儿卖海石花、红珊瑚、虎斑贝和珍珠项链，还有不知从哪个国家走私进来的手表。

我们去之前就知道天涯海角、大东海和鹿回头，知道鹿回头招待所曾接待周恩来、刘少奇、邓小平、叶剑英、陈毅、谢觉哉、董必武、郭沫若和胡志明、西哈努克、斯诺等重要人物。那时的“天涯海角”并没有多少游人，也不容易看到小汽车。

另一次是1995年。沈阳军区和广州军区举办“南北军事文学交流”活动。沈阳军区在冰封雪冻的北国接待来自南方的军旅作家、艺术家之后，广州军区在美丽的南方接待了十几位来自沈阳的军中文友。在这次活动中，我得以第二次踏上海南这片充满着阳光、椰林、海风、沙滩的火热的土地。我们访问了当时依然健在的红色娘子军老奶奶，访问了解放海南岛的中国人民解放军四十军的老兵，参观了农场、胶林、植物园，亲临歌中唱过的万泉河、五指山，还有毛公山和红色娘子军战斗旧址。

“万泉河水清又清，我编斗笠送红军……”我们心中反复回荡着这熟悉的旋律，从东到西，从北到南，几乎走遍了整个海南岛。

近年来，大批的北方人——不仅东北三省，也包括京津冀和黄河、长江流域的人们，到了寒冷的冬天，像候鸟一样飞到海南居住、避寒；天暖和了，再回到北方。这已经成为一些人的独特生存状态。

退休之后，我和老伴儿也加入“候鸟家族”。我们曾在海南的三亚、万宁、琼海等地短暂居住。一般是一两个月，最长的时候是半年，短的时候有十几天。

遥远的海南，成了我心驰神往的地方。

如果是较长时间住在海南，又没有自己的车，那真的很不方便。这也是促成我从沈阳自驾到海南的原因之一。

头一天就跑过杠儿了

早上6点钟，车轮开始了长途转动。

我是头一次开这么远的路，也是头一次用导航。我一站、一站地设置目的地，一开始设置的目的地是秦皇岛。后来有经验的朋友告诉我，可以把导航的终点设置为海南，中间不必再修改，这样不会走弯路。

我们在沈阳张士和沈阳西站口进入大广（大庆至广州）高速公路。

早出发真好！天刚蒙蒙亮，高速公路上没有几辆车。

车窗前站立着几只喜鹊。

这是我最愿意看到的景象。多年来每次出行，我都特别期望见到喜鹊，我认为这是好的兆头。

这次当然也是一样，自驾海南，远远的路程，有喜鹊来欢送我，这是给我预报好消息呢。

路面上有很多落叶，都是金黄色的，被风吹起来，迎着车窗扑打着，好似无数只金色的蝴蝶飞向我们。她们是穿着金色裙子的小天使，是穿着金色衣裳的仙女，向我们扑来。惠娟当时说了一句诗一样的话："这是上帝给我们撒来的金币呀！"

我们一早出发，没有恐惧，没有胆怯，有的只是充满了胸襟的兴奋，有的只是敞开了胸怀的快乐。

出发前，我们专门到音像商店购买了一些喜爱的老歌和相声等光盘。我们车上的音响设备还能用这种比较旧式的方式收听节目，很是庆幸。我们一上路就开始听音乐，这是我们的精神食粮。

对于长途旅行的人们来说，高速路上的服务区是重要的驿站，可以在此小憩，在此餐饮，去卫生间，活动活动腰身……因为是早上出发，我们精力充沛，途经的前两个服务区——高花服务区和辽中服务区，我们都没有进去休息。

7点50分，到达盘锦服务区，我们停车休息了一会儿，这时已经开出135公里了。

一个小时后，到了凌海。我们又进服务区歇了一小会儿。

这时，接到海英的电话。她假装什么都不知道地问："爸，妈，你们在哪儿啊？"我知道她不仅知道我们到了凌海，而且知道我们在服务区里休息，所以才打这个电话。她有我们的手机定位，我们的一举一动都在她的掌握之中。

因为孩子们全反对我们自驾海南，所以我们也没有告诉他们我们哪一天出发。但因为手机的定位服务功能，使我们的行程全在她的掌握之中，我们的"出逃"，根本就不是秘密，所以只好向她"老实交代"。

左拦右挡，都挡不住，我们最后还是出发了。她只好承认这个现实，只能一再叮嘱我们要注意安全，注意休息。我请她转告亲友，我们已经出发了，请大家放心！

9 点 45 分，我们在兴城服务区休息，这时候，我们已经离家近 4 个小时了。我的“副驾驶”给我削了一个苹果。我接过削好的苹果时，脑子里闪过《小苹果》的旋律：

你是我的小呀小苹果儿
就像天边最美的云朵
春天来到了花开满山坡
种下希望就会收获……

我用刀切了一半给“副驾驶”。我咬了一口苹果，感觉一下子就甜到了心上，甜遍了全身！

10 点半过绥中。11 点 25 分到山海关服务区，在此，人和车同时“加油”。我们在服务区的餐厅吃午餐，主食是米饭，副食是两个菜——宫保鸡丁和芹菜炒粉条。尽管车上仪表显示油箱里的油还有半箱，但曾经多次自驾海南的好友王中才和黄锦莉告诉我们，在这样的长途中，千万不能等到油箱没油再加，到半箱油的时候就要加油了，以防万一。什么是万一？有的时候，你计划好到下一个服务区加油，可是当你预备的汽油可丁可卯地跑到那个服务区准备加油的时候，那个服务区也许没有油了，也许临时封闭了，而下一个服务区还有几十公里的路程，你箱底的油已经远远跑不了那么远了，那时你就真的没有办法了！

出发前，王中才和黄锦莉告诉我们，从山海关和秦皇岛一定要往卢龙方向走。可不知怎么回事，我们居然到了北戴河服务区。我们重新设定导航，才知道我们到卢龙得往回返几公里呢！在高速公路上开错了路是件很麻烦的事，调转方向不是那么容易的。好在我们并没有开过头很远，我们需要到前面10公里处掉头回到沿海高速。路上遇到一位清洁工人，他给我们指了方向，使我们顺利地调转了方向。这时，我们才松了一口气，紧张的神经松弛了下来。

14 点 30 分我们进入乐亭服务区。我们把车停放在停车位里，立刻把前面两个座位放倒，休息了半个小时。

我们第一天跑了不少冤枉路，这都是必缴的学费!

在沿海高速上奔跑，很难找到一个可以放心住宿的地方。按照地图，我们找到最近的一个可以休息的地方，对我们而言，那是很陌生的地方——河北省黄骅市。

天色一点点暗下去了，我们内心有些焦急。

眼看太阳落入了远方的地平线，那片团团的红，给人美好的遐想，可是路还是很长的!

有很多跑过长途的亲友告诉我们，每天不要跑太多的路，特别是不要贪黑赶路。现在看，跑远路，贪黑赶路，都并非我们所愿，完全是不得已而为之。如果现在路边就有一座城市、哪怕是一个乡镇，只要有可以歇脚的地方，我们肯定立马停下，毫不迟疑。

晚6点，进了黄骅市。我们心想不管遇到的第一个酒店是什么样儿，都是我们今天的住所。我们出发前，曾特意到一家快捷连锁酒店办理了一张金卡，计划这一路就去这家酒店住宿。可是此刻我们不必坚守这一条了，早点休息比什么都重要。

我们是幸运的，遇到的第一家酒店物美价廉。酒店的房间很大，很干净，设备齐全，沙发和床很舒适，有电视和网络。

办理入住时，总台服务员给我们办理了贵宾卡，以后我们走到任何一座城市，只要在这家连锁酒店里住宿都有优惠。我们原先是想找预定的那家快捷酒店，可是现实教导我们，不能这样死心眼儿，随遇而安便好。我们可能不会再执着地去寻找固定的酒店，只要方便，只要少跑路，比什么都重要。

在酒店对面的一个饭店里，我们吃了晚餐。主食米饭，副食一菜一汤，菜是豆芽炒粉条，汤是小白菜牛肉丸子汤，汤里也有粉条。我的饮食就是“两条”：主食面条，副食粉条。

今天是自驾海南的第一天。我已经把我们平安上路并跑完了第一天路程的信息发布到了朋友圈。没想到竟然有138条点赞，有158条留言，这令我们倍感欣慰和鼓舞。

海英打电话问我们是不是在某某酒店“下榻”了？哈，我们的一举一动，她是一清二楚啊！海英问我们今天跑了多少公里？为此，我专门到停车场看车上的里程表。没想到第一天就跑了768公里！我们原计划每天跑500公里左右，今天是出格儿了，跑过杠儿了！

在濮阳悠闲看杂技

有了第一天的奔波，再上路就没有陌生感了。在高速公路上遇到骆驼群一样的大货车队伍，一点也不紧张了，我还可以在它们中间自由穿行。基本上每小时开 100 公里到 120 公里，甚是轻松。

第二天，我们到了河南省濮阳市。濮阳，在黄河下游，北与河北省邯郸市交界，西边是安阳市，东边与山东省泰安市、济宁市接壤，东北边是聊城，东南边是菏泽。濮阳是我国重要的商品粮生产基地，石油资源丰富，是著名的中原油田所在地，是我国重要的石油化工基地和石油机械装备制造基地。它还是卢、张、范、姚、秦、顾、孟、骆这些姓氏的起源地，是当之无愧的国家历史文化名城。

进了濮阳，天还大亮。我问高速公路收费口的一位帅哥，濮阳有没有“如家酒店”，他笑笑说：“‘如家’在濮阳可不火啊！”我只能使用导航，找到这个城市唯一的一家“如家酒店”。我们办理入住之后，经理听说我们从未来过濮阳，便热情地推荐我们去看晚上的“水秀”表演。我问：“何为‘水秀’表演？”经理很吃惊地说：“杂技呀！您不知道濮阳有杂技吗？”她的口气好像是到西安不知“兵马俑”，到厦门不知钢琴岛“鼓浪屿”一样。

经理给我们拿来一堆濮阳杂技的宣传单。我们“饿补”了一下，才知晓濮阳的民间杂技起源于春秋时代，在三国时期就很流行了。说到杂技艺术，以前我只知道吴桥，此次出行才知道濮阳东北庄与河北吴桥并称为“中国杂技南北两故里”。

濮阳早年间有一位著名艺人叫乔志清（1875—

1950)，他的“乔家班”功夫了得，光绪末年就曾漂洋过海，到朝鲜、日本、俄罗斯演出，影响颇大。中华人民共和国成立后，濮阳杂技得到空前发展。2007年，濮阳东北庄杂技被列入第二批国家级非物质文化遗产保护名录。

改革开放之后，濮阳杂技一直在探索市场化的运作模式，在桂林、上海、北京、广州、苏州等大中城市，都有濮阳杂技的演出队伍。2002 年，在桂林演出的《梦幻漓江》、在苏州演出的《梦苏州》，是两台大型主题杂技芭蕾晚会，创下了国内杂技晚会演出场次最多、上座率最高和收入最好的纪录。

濮阳杂技团历史上就有出国演出的记录，现在的情况更好。他们先后 80 余次出访美国、意大利、马来西亚等国家，去过世界五大洲 60 多个国家和地区。迄今为止，濮阳杂技团创作了《狮林春光》《女子大排椅》《攀登》《神龙部落》等一批杂技精品剧目。在法国巴黎国际杂技大赛、意大利拉迪娜国际杂技节、意大利维多纳“国际明星杂技节”、日本东京“世界青少年杂技大赛”、武汉国际杂技节、吴桥国际杂技节和其他众多国际国内大赛中，分别获得“总统奖”“政府奖”“金狮奖”“黄鹤奖”“芳草奖”等各种奖励300多项。先后占据了美国迪斯尼、日本大阪环球影城等国外6个固定的重要演出场所。目前濮阳市拥有各类杂技团体30多个，从业人员1万多，年经营收入1亿多元，他们每年在海外演出的团队就有50多个，演员600多人，创汇800多万美元，杂技产业已成为濮阳文化产业的龙头。

了解到这些信息后，我们急切地想去看场濮阳杂技演出。

我们想到售票处去买票。后来知道这个票特别紧张，几乎被旅游团包了。在我们的恳求下，酒店经理帮我们订到了两张票，需要到表演场地大门口去取。

这个城市的出租车起价费是6元。我们花6元钱打车到濮阳水秀国际大剧院。在剧院门口，我们取到了票，两张共300元。我们在剧场的墙壁上看到悬挂的照片中，有毛泽东主席接见该表演团的照片，有其余几届国家领导人与他们的合影，还有他们在国际上夺冠的照片。

这场水秀表演，令我无比震撼！这次自驾海南有很多收获，其中一个不容忽视的收获，就是偶遇了濮阳的水秀。

两个月前，我和老伴儿去俄罗斯，曾在莫斯科观看了他们的大马戏团表演，那是500元人民币一张的观摩票，最后团体打折到330元一张，那也是很令人兴奋的表演，有驯兽特别是驯虎的表演，也有各种各样的杂技表演，就说走钢丝，也是相当的精彩和惊险。濮阳的走钢丝，是一个人在前面骑独轮车，后面这个人也骑独轮车，同时他肩上还站着一个同伴！前面的独轮车停下了，后面的那位骑到他跟前也停下了，两个独轮车都停在钢丝绳上是多么地不容易！可更加不容易的是，后面独轮车表演者肩上站着的那个同伴，这时竟然蹦到前面独轮车表演者的肩上！

濮阳的水秀表演充分利用了现代科技手段，满台的水气，背景是波浪汹涌，台上有深水，不断有上面的表演者跳下来。有一个高空悠人，两三个孩子被悠来悠去。为了解除观众的担心和疑惑，在高空中的几位表演者，一个个自觉地从高空“掉”下来，掉到下面弹性十足的保护网上。

水，生命之源，润泽万物，万物因水而存在。水是生命的摇篮，人类“逐水草而居”，世代相传，生生不息……整场表演以“水”“空”结合为创意点，以“乾坤”“孕育”“爱河”“惊梦”“良缘”等内容为线索，逐层显现五彩斑斓的大千世界，营造出万事万物周而复始、循环往复、美轮美奂的人间万象。同时，注入戏剧、舞蹈、音乐、魔术、花样游泳、跳水等多种艺术，使体育形式与杂技融合为一体，让我们大开眼界。能看到如此美妙的表演，是我们自驾的福利，是我们与濮阳有缘！

看来，远途自驾，不能一味地赶路，遇到有意思的地方要停下来，遇到好的风景也不要错过。不到濮阳，怎么能知道水秀为何物呢？濮阳让我敬慕，让我难忘，让我牵挂的一个理由，就是濮阳有水秀。水秀是濮阳的重要标志之一，是濮阳的骄傲，是河南的骄傲，当然也可以说是中华民族的骄傲。

在这样美丽的夜晚，一场精彩的表演，把我一天的疲劳扫除得干干净净。我仰头望着圆圆的月亮，才想起，今天是十五啊！

马儿跑，马儿要吃草

在濮阳如家快捷酒店里吃完早餐后，我们在 7 点 37 分奔大广高速公路出发了。大广高速有两条线，一条是奔大庆方向，一条是奔广州方向。我担心开错方向，重新设置了导航。

8 点 35 分，我们开到了滑县服务区，已行驶 1292 公里。这时我接到海泉的电话，他问我们到什么地方了？下一站到哪儿？需要他做什么事情？儿子的时刻惦念，让我们很是欣慰。

路上，树木挺拔，冬小麦的新绿，也是十分养眼。

路上的服务区，不都是一样的。有的只是一个停车区，车子跑长途累了进到这个区域歇一下，只有一个英文符号“P”加一个茶碗图标。有的服务区比较全面，有一个大“P”字符号，后面有加油标志（一个带油管的油箱）、维修标志（一个扳子）、餐饮标志（一把叉子与一把勺子相互交叉）。更多的时候，第一个是加油，第二个是维修，第三个是休息，第四个是餐饮。

平日在家，我对小食品没有什么兴趣。但长途驾车就另当别论了。不是吃食对我有什么诱惑，主要是连续开车几个小时，会感到疲乏、枯燥、寂寞、无趣。这时候如果嘴里能嚼点什么，就会觉得不一样。

我一边开车，一边自言自语：“又叫马儿跑，又叫马儿不吃草！”

老伴坐在副驾驶位置上，许是没听见，或者听见就当没听见，毫不理会，毫无反应。

我只好大声叨咕着，大声表明自己的诉求：“又叫马儿跑，又叫马儿不吃草！”

终于，“副驾驶”有反应了，她微笑着从随身携带的小兜里拿出了几块苏打饼干，一块一块递给我，我一块一块吃掉。

下次我就不用非把这句话说全了，只说“马儿跑”三个字，“副驾驶”就心领神会了，她给我递过剥了皮的橘子瓣儿，或沈阳改革开放初期特别有名，几乎与上海的“大白兔奶糖”齐名的“不老林糖”。“不老林糖”虽然尚未退市，但现在的孩子们几乎都不光顾它了，只有上了年纪的人还记着它当年的风光，仍买它的账，给它应有的荣誉。我们出来之前，就买了一袋“不老林糖”，也许我们希望自己“不老”吧！这种糖是粘有花生芝麻等碎屑的软糖，不是硬块糖，三下五下就嚼没了。

各种各样的小食品，在各地服务区小超市里买得到，一路上显得“马儿”总是有“草”吃，而且说上“马儿跑”三个字，就会得到“贡品”。

长途乐趣无穷，路上饲草不断！

过黄河

自驾车过黄河，对我而言绝对是一个大事件！

我第一次见黄河，是在 1975 年 11 月。

那时，我在《人民日报》文艺部当实习编辑。当时正是邓小平同志复出，他复出后就提出："恢复革命老传统，发扬红军革命精神！"报社组织人员重走红军长征路，我跟随作家、诗人、编辑袁鹰先生到红军走过的地方采访。袁鹰当时只有 50 岁，我那时 32 岁。我们同乘飞机——那是我有生以来头一次乘坐飞机，飞贵阳、昆明，去遵义会议会址、金沙江、赤水河、娄山关、乌江、腊子口……我们是在飞机上看到黄河的。当飞机飞过黄河的时候，空姐广播说，下面就是我们的母亲河——黄河！我们赶紧通过小小的舷窗往下望。当时黄河周边包括驻马店等许多地方都闹了洪水，我们看到的是洪水里一片一片的房盖儿……

1989年，我应解放军文艺出版社之邀，采访了曾为我们国家安装原子弹大架子的二炮技术总队，并写了《神秘之旅》一书。二炮技术总队就在洛阳。我第一次到了黄河边，非常近距离地接触了黄河，还坐了黄河上的竹筏子，在黄河水面上感受她的跃动和她的流淌。

还有一次，大约是在2008年，我随旅游团到达了黄河壶口瀑布，亲自感受黄河汹涌澎湃的强大内力。滔滔黄河到此被两岸苍山挟持，束缚在狭窄的石谷中，本来是600多米宽的洪流到此处突然不得不收束为30米宽，这样的突变产生了鼓荡心魄的大美奇观。黄河流到这里，激溅沸腾，犹如烧开的壶水，热气弥漫，声如万马飞踏，气势不可阻挡。

此刻的我，驾着小车从开封黄河大桥上驶过黄河……

我让“副驾驶”准备好手机拍照并录制视频。这一时刻着实不平凡，也着实不是一件简单的小事儿!

我说：“黄河水，黄又黄！”“副驾驶”问：“你知道黄河水为什么黄？”我说：“黄河的水是从黄土高原上流淌下来的，黄土高原把这河水染黄了，也把我们祖先的皮肤染黄了。我们是黄种人，与黄河有着密不可分的关系。所以我们说黄河是我们的母亲河呀！”

抢答歌名思师友

自驾行，车是载体，人随车奔走，车体就是一个活动的房子。出行的人，局限在这活动的房子里，快乐也就在这活动的房子里寻找。

车载音箱是我们快乐的源泉之一。我们可以听广播，听里面播放的各种节目，可以播放光盘或 U 盘里的音乐、相声等自己喜爱的内容。

我们准备了不少光盘和 U 盘，最开始放的是我们熟悉的歌曲。我们熟悉的歌曲，更多的是我们年轻时听过、唱过的歌曲。

从某种意义上，歌曲可以视为一个人生命的副线。因为一个人从小到大听到和学过很多的歌曲，这是随着他的成长而前行的一条音乐线。每当想起一首曾听过、学过的熟悉的歌曲，人们必定会想到那个年代，想到那个年代里认识的人和发生的事。

我提出与“副驾驶”举行歌名抢答比赛。

比赛开始。《花儿为什么这样红》的前奏一响，我就立即说出了这个歌名；《少林寺》主题曲《牧羊曲》一出来，“副驾驶”就抢答出来了，尽管她没有说出《牧羊曲》这个准确的歌曲名字，但说出《少林寺》，也算她答对了。

就这样，我们边听歌曲，边兴奋地抢答。碰到会唱的，还会跟着唱，跟着哼，比如《映山红》《掀起你的盖头来》……

当听到《边疆处处赛江南》的时候，我立即想到在学校读书时看过的纪录片《军垦战歌》，那是20世纪60年代描写新疆生产建设兵团的一部片子，展现了石河子垦区知识青年忘我奋战在荒郊大漠的生动情景，还有我们敬爱的周恩来总理到新疆看望知识青年的镜头，特别感人。

人人那都说江南好
我说边疆赛江南
哎来来来来
赛呀赛江南
朝霞染湖水
雪山倒影映蓝天
啊呀勒
黄昏烟波里
战士归来鱼满船
鱼呀鱼满船
牛羊肥来瓜果鲜
红花如火遍草原
哎来来来来
人人那都说江南好

我说边疆赛江南

哎 来来来来

赛呀赛江南

林带千百里

万古荒原变良田

啊呀勒

渠水滚滚流

红旗飘处绿浪翻

绿呀绿浪翻

机车飞奔烟尘卷

棉似海来粮如山

哎 来来来

哎伟大领袖毛泽东

领导我们永远向前

革命大旗高高举

天山南北红光闪

啊呀呦

啊呀呦

红光闪

红呀红光闪

各民族兄弟干劲冲天

要让边疆处处赛江南

哎 来来来来

哎 来来来来

哎 ……

这首《边疆处处赛江南》，铿锵有力，婉转悠扬，当年从新疆传遍长城内外，传遍大江南北，唱遍珠江两岸，唱遍白山黑水，极大地推动了各族人民建设社会主义的热情。

这首歌曲首唱是巴哈尔古丽，曲作者是田歌，词作者是袁鹰。1975 年，我和袁鹰一起重走长征路时，在苍茫的云贵高原上，我还给他唱过这首歌呢！

在《军垦战歌》里还有一首插曲《红旗永远扛在

肩》，也是我非常喜爱的一首歌："天山高峰高上天，天大重担战士担，革命不怕千般苦，创业不怕万重难……"这首歌在当年也很流行，曲作者仍是田歌，词作者为袁鹰和贺敬之两人。

现今，袁鹰先生已经96岁高龄了，2018年《人民日报》文艺部十数位老编辑相约一起拜访老主任袁鹰先生，我也很荣幸地前往。袁鹰先生坐在轮椅上，与大家亲切地打招呼，思维敏捷，谈吐清晰，但因摔过跤，活动欠佳，估计再也不能重访处处赛江南的新疆了，再也不能与我一起去看望金沙江皎平渡渡口的老船工和他们的后代了！

在听到《我的祖国》这首再熟悉不过的歌曲时，我们的神情都特别庄严。"一条大河波浪宽，风吹稻花香两岸……"这首歌的词作者是乔羽，曲作者是刘炽。海泉最初在北京闯音乐世界的时候，曾有幸拜见过刘炽。海泉在1996年11月19日的日记中写道："前些天，在赵阳阿姨的带领下，去拜访老前辈刘炽及其夫人李容功。他们的直率、坦诚、慈祥和幽默给我留下了很深的印象。希望今后多联系。真正的艺术出自真正的艺术家，真正的艺术家本身就是真正的艺术。”

时任《妇女》杂志编辑部主任的赵阳是我的朋友。她与刘炽夫妇是多年的好友。她去北京组稿，得知海泉“北漂”在京，就去看望他。她还带海泉到刘炽家做客。在刘炽北京和平里的家中，海泉受到了隆重的欢迎和招待。刘炽与他聊了很多，聊到音乐和音乐以外的许多事儿。到了中午，刘炽请他们到附近一家饭店共进午餐，还说这家店的爆肚特别好吃。刘炽还从家里的酒柜里拿出一瓶茅台。赵阳和海泉一再劝阻，说：“这太贵重了！”刘炽笑着说：“这时不喝，啥时喝呀！”海泉搀着手捧茅台的当时 75 岁高龄的刘炽走在大街上。路上，刘炽还给赵阳和海泉一人买了一串糖葫芦。他说：你们从北方来，这东西好吃啊。那天，海泉和老前辈刘炽对饮了几杯茅台酒。我觉得更为幸运的是，赵阳让初闯北京音乐世界的海泉“沾”

了刘炽的“仙气儿”。

当音箱里传出《南泥湾》的旋律时，我们都跟着哼唱起来：“花篮的花儿香，听我来唱一唱……”我们这个年龄的人，没有不会唱这首歌的。

《南泥湾》这首歌诞生于艰苦的抗战岁月，日寇侵占武汉后，逐步将主要军事力量转向中国共产党领导的抗日根据地，国民党也对边区进行经济封锁。为了持久抗战，毛泽东主席号召“自己动手”“丰衣足食”，全军开展起大生产运动。从华北调回陕甘宁边区担负保卫党中央和边区的三五九旅，在方圆上百里的南泥湾卓有成效地开垦屯田、生产自救，全旅官兵喊出了“一把镢头一杆枪，生产自救保卫党中央”的口号。

《南泥湾》这首歌是诗人贺敬之19岁时，为延安鲁迅艺术学院秧歌队排演的秧歌剧《挑花篮》最后一节写的歌词，25岁的作曲家马可用陕北民歌的调式为之谱的曲。

我非常崇敬诗人贺敬之，特别是1963年他的《雷锋之歌》对我影响深远。那时，我刚入伍一年，我们连队在长白山下进行国防施工，夜里就在山林间、洞口前站岗放哨。我为我能背诵这首《雷锋之歌》而感到兴奋和自豪。1965年，我22岁参加在北京召开的全国青年业余文学创作积极分子大会，会议期间到《人民日报》文学艺术和副刊部参加小型座谈会，第一次见到我久仰的诗人贺敬之。1972年，我参加军里“勇征”写作组，为《人民日报》撰写评论文章来到北京。我听说王府井新华书店里正在热售贺敬之的诗集《放歌集》，便赶了去。当时的人民日报社也在王府井大街上，我住的人民解放军总参谋部第四招待所离王府井不远，可是等我赶到王府井新华书店的时候，《放歌集》已被全部售光了！我当时特别失望。《人民日报》的编辑告诉我，贺敬之就住在离我们招待所不远的煤渣胡同里。于是，我给贺敬之写了封信，说明自己来报社写稿，去买《放歌集》没有买到，很失望，很遗憾……万万没想到的是，第二天，当我从招待所出来时，在收发室玻璃窗里面摆着一个牛皮纸中号信口袋，封面写着我的名字，里面装的就有《放歌集》这本书和贺敬之给我写的信。信中说，他正在首钢劳动，因爱人柯岩生病赶回来，正好看到我的信，就托人把书捎给我，他还要赶回首钢……

收到这封信和这本书时，我的兴奋、喜悦、激动之情真是难以言表！这位诗人曾创作了全国军民都熟知的歌剧《白毛女》，“北风那个吹，雪花那个飘”。他写的《回延安》，我在初中语文课本里读到过！他的很多诗我都背诵过，如《桂林山水歌》《西去列车的窗口》……

有一年，贺敬之到沈阳来，他把他将要来的消息告诉了我们辽宁的诗人刘文玉和我。我们俩到车站迎接他。我们陪他去看沈阳九一八纪念馆，去看怪坡，去看 1942 年同他一起出席延安文艺座谈会的辽宁作家协会主席马加同志，陪他去辽宁省国税局、沈阳市邮政局参观。

贺敬之曾为我书写条幅，曾为我的几本书题写书名，或题写祝词。就在我自驾的路上，贺敬之为我题写书名的、一本歌颂人民解放军建军 90 周年的 12000 行长诗《我们的军旗》，由春风文艺出版社出版了！

我驾着车，在车上听着《南泥湾》这首熟悉的歌，回想着 2016 年国庆前夕，我和海泉一起去贺敬之家拜访他的情景，内心感到十分的温暖。

路是长的，歌是多的。

一路自驾，还会听到更多的歌，还会想到更多的人！

信阳迷途，增长见识

当代科技的发展，使许多不可能变成了可能。有了汽车导航，你还会跑错地方吗？你还会把路走偏了吗？不可能啊！有人说，有了导航，你想迷途都是妄想！

从踏上大广高速公路那刻起，我就兴高采烈地认为，我一直往南走，就能到广州了。可能是因为我设置的目的地是广州，导航就把我们送到京港澳高速公路上了。

京港澳高速公路是原京珠高速公路和新辟路线广州至香港和珠海至澳门两段，合成一条首都放射型国家高速，国家高速公路网中编码为G4。G4是连接北京和广州、珠海、香港、澳门等南部重要城市的高速公路，是一条南北交通大动脉。途经河北、河南、湖北、湖南、广东，各个路段车道也不一样，最少车道路段双向4车道，沿途经过的主要城市有保定、石家庄、邢台、邯郸、安阳、鹤壁、新乡、郑州、许昌、漯河、驻马店、信阳、孝感、武汉、咸宁、岳阳、长沙、湘潭、株洲、衡阳、耒阳、郴州、韶关、英德、广州、深圳、香港、澳门等，全长2310公里。

进入京港澳高速一个小时后，我们到了驻马店服务区，后又经过确山服务区。我知道，确山是革命老区，这儿有很多革命遗迹。我们在这儿加满了油，一路上播放着革命老歌儿。

下午4时左右，我们到了信阳服务区。信阳可是个好地方，是河南省地级市，在河南省最南部，东连安徽，西南接湖北，是三省通衢要地，有“江南北国，北国江南”之美称，连续八年入选“中国十佳宜居城市”。

我在查阅中国民歌资料时，信阳赫然入目，这里的民歌，品种较全，有革命历史情歌、民歌、新民歌、号子、山歌、田歌、水歌、灯歌、叫卖、小调、时政歌、仪式歌、叙事歌等十多种。

每年的 4 月，这里会举办信阳国际自行车公开赛和信阳国际茶文化节。信阳毛尖，为中国十大名茶之一，又细又圆，深受人们喜爱。

我军著名将领许世友、李德生都是信阳人。我熟知的作家叶楠和白桦兄弟二人也是信阳老陈家的孩子。他们一个叫陈佐华，一个叫陈佑华。1984 年我还和叶楠一起上老山前线两个月呢！白桦和叶楠的作品很多，数不过来。白桦的电影《山间铃响马帮来》和叶楠的电影《巴山夜雨》，都产生过轰动效应。

我们在信阳服务区歇息了一会儿，我本来想住在这个服务区，可是这里只有吃饭和购物的地方，不能住宿。我就用手机搜索，输入“如家”二字，出来两三个“如家”。我没有细看，点了最前面的一个，便根据导航指示出发了。

没有想到我的这一个任意，让我迷了途，多跑了不少冤枉路！

我们从 G4 京港澳高速公路上下来，在不怎么顺的乡村公路上开了一个多小时，路上有汽车，有马车，有小蹦蹦车，还有摩托车、电动车和自行车。其间过了信阳市区的边缘，经过三五个村庄，开了 46 公里的路，到了一个叫“明港”的镇子。我们要去的“如家”就在这个镇子上。到这儿一看，才发现这个“如家”并不是我们想找的地方。我们想去的是“如家快捷酒店”，这个酒店叫“如家宾馆”！但如果我们不在这里住，再重新寻找其他的酒店，太费劲了，索性在这里将就一晚上吧！这里设备陈旧，拉一下门把手，门把手好像都会掉下来。好在这里的房间宽敞，还能上网，天也快黑了，只能入住。

此次迷途，使我们至少多跑了八九十公里的路。这给我一个大教训，以后再使用导航时，一定要仔细地看内容！差之毫厘，失之千里，一点也马虎不得！

可高可低，能屈能伸

明港的“如家宾馆”条件实在很差。床上的枕头和被褥，都有异味，好像有人用过很长时间似的。洗澡的淋浴头，不能挂在墙上，只能用手拿着；水温忽冷忽热……真是难忘的一夜！

这让我想起曾经经历的很多个难忘的夜晚。

1975 年 9 月，我在人民日报社实习，与袁鹰先生第一次重走红军长征路。一天我们步行去金沙江皎平渡口，走到了禄劝县境。这里是一片山，我们下山走了 6 个小时，返回时是上山，走了 9 个小时，中间路过几个村庄都无法找到住处，一直走到路益都没有住处。但夜深了，不能再往前走了，陪同我们去采访的县人民武装部科长杨开喜，他找到公社武装部一个干部的弟弟，弟弟把我们领到一户人家。我们通过木梯子爬到这户人家的屋顶睡觉，还不是住户的屋顶，而是住户家羊圈的棚顶。在平平的泥屋棚顶上，我们铺开了草席和一张毯子，这张毯子是用来盖身的。我们俩加上陪同人员共四人（另有一人担任向导）就睡在这张大“床”上了。左边是牛羊，右边是狗，前边是鸡鸭，头顶上是灿烂的耀眼的繁星。枕头就是小木头板凳。热情的主人给我们端上来一盆盆热水，让我们这远来的客人烫烫脚，解解乏。这可能是我今生睡得最香甜的一个夜晚。

1976 年唐山大地震期间，北京有明显的震感。当时的人民日报社位于王府井大街南端，宿舍楼就在院子里。那天夜里，人们都不敢回宿舍住了。报社组织大家车拉人扛，把简单的睡具运到不算太远的天安门广场。到了天安门前和人民英雄纪念碑中间宽阔的广场上，我们把褥子铺在广场的方砖上，就这样席地而眠。我记得《人民日报》资深编辑、著名的讽刺诗人曾岛先生，还借着落日的余晖读书，如在斗室，旁若无人。

我曾多次与亲友讲我的一个处世哲学：一个人要能吃国宴，也能吃剩饭。吃国宴不觉得受宠，吃剩饭不觉得受辱。

现在，我们国家经过了40多年改革开放，到处都有日新月异的变化，人们的生活条件得到了前所未有的改善。在这漫长的自驾旅途中，还会遇到意外的和不如意的事情，但只要有一颗平常心，什么困难都不怕。

人，要能屈能伸，能上能下，能高能低，能富能穷，能享福能吃苦。

我从军山开过长江大桥

长江，长江，就在我眼前了！

长江，长江，我就要从你的桥上通过了！

2017 年 11 月 6 日上午 9 点 24 分，我驾车从军山开过了长江大桥！这是我此行最重要的经历，也是最让自己自豪的时刻！

我是从李白《黄鹤楼送孟浩然之广陵》诗句中知道长江的：

故人西辞黄鹤楼，
烟花三月下扬州。

孤帆远影碧空尽，
唯见长江天际流。

长江就这样因李白这著名的诗句刻到我的心上。

再长大一些，我入伍之前，在1961年3月号《人民文学》杂志上读了刘白羽先生所写的优美的日记体游记性散文《长江三日》。这篇散文跳动着时代的脉搏，洋溢着革命战士火热的激情，充满着强烈的战斗气息，文笔雄浑豪放，刚健清新，给人以“急流勇进”的鼓舞力量。白羽先生书写了由重庆沿江而下，经三峡到武汉三日旅程的见闻和感受，向人们展示了我国第一大河——长江的宏伟壮丽、千姿百态，抒发了对祖国秀美河山的赞美情怀。那时国家处于困难时期，白羽以此文给人们以向前奋进的激励。

1991年7月我陪着刘白羽先生到东北考察时，谈到《长江三日》，他对我说：“我写的长江是我的长江，不是李白的长江，不是孟浩然的长江，不是陆游的长江。这是我长期革命工作所形成的人格、风格的体现，作品的灵魂从这儿来。《长江三日》中写的是急流勇进的美。”

就是这样一篇美文，让我特别钟情于祖国的这条美丽的大河。

2008 年 4 月，我和老伴报名参加了长江全程游的旅行。我们全程逆流而上，从南京的中山码头登上“江山 9 号”豪华游轮。我们幸运地买到了全船 500 床位中只有四个单间的特等舱。这个特等舱就在船头附近，可以到前甲板，坐在藤椅上读书，看开阔的江面。我随身带的书中，就有收入了刘白羽《长江三日》的《红玛瑙集》。在那十余天里，我们除了下船游览长江沿岸的景点，如黄山、庐山、荆州、九江、西陵峡、葛洲坝、黄鹤楼之外，其余时间都在长江上行驶，犹如在亲爱母亲的怀抱之中。

我自驾过长江，时间虽极短暂，却让我激动万分，诗情激荡。我请“副驾驶”为我拍照，为我录像。

我把车窗摇下来，大声地高唱：“一条大河波浪宽，风吹稻花香两岸……”让我微弱的歌声飞出车窗，希望大桥两边的长江水能够听见！

撞见大雾，冷静面对

自驾路，犹如人生路，什么样的意外都可能发生。

我们从信阳市罗山县经过，还有几公里便可出城的时候，天降大雾。一时间，车窗就像被蒙上了一层白纱，外面没有了晨光，也不见了道路。

我想把车停到路边，停到一个安全的区域，等雾散了再走。但这已经是不可能实现的了！我的前面有车，后面也有车。

我根据从书本上获得的知识和从亲友的经历中获得的经验，把除了远光灯之外的灯全都打亮，让其他的车辆注意到。

我一边谨慎地握着方向盘，一边看左边道路上的边石，但此时却什么也看不到。我只能看到前面大货车尾部灯的双闪，内心曾一度紧张，因为从来没有遇到这样的情形。

我的车窗玻璃上有雾气形成的水层，很薄，但极为影响我对路况的观察和判断。我把雨刷打开，及时把玻璃上的水气刮掉。我发现，车内玻璃上也有一层水汽，但我不敢擅自挪动身子去擦拭，于是打开了车内的冷气。这样做，确实对我观察前面路况有益。

这个时候的行车速度，已经不是我所能控制的了。

前车的双闪，就是我车行速度的提示。我想快也快不了，想慢也慢不了，只能与前车的速度保持一致。我不能离前车太近，跟得太近，肯定是危险的，我尽量让自己的车与前车保持 100 米左右的距离。

不知道这大雾何时能散，也不知道这道路是不是一直这样笔直和平坦。此时我能把握的只是我的方向盘。

我一点不敢分心，一直紧张地倾听四周的声音，特别是前车和后车的动静。

雾天不长，雾散云开时，阳光从我车窗的左侧照射进来。我把车开进了前面的一个服务区，这时，在雾区里行车的紧张和疲累才显现出来。不仅是腰，还有脖子、两只胳臂、两只手，都有疼痛的感觉，手指头似乎都弯不过来了！我让手臂立在我的两边，两只手多次做行礼状，就像“招财猫”做的那个动作。

休整片刻，重新出发，车过湖北咸宁向阳湖。我对这个地名真的很熟悉啊！我的文友李城外对向阳湖文化探索颇深，著述多多。40 多年前，臧克家、张光年等我国多位文化名人曾在这里参加“干校”的劳动。我还保存着有他们速写头像及本人签名的“咸宁向阳湖”纪念封呢！

大雾？大悟！

从浓重的大雾里穿行出来，惊魂未定。

过了浉河大桥，行驶中又突然听到“副驾驶”大喊一声：“大悟！”但我听成了“大雾”。心想，刚出雾区不久，怎么又见大雾？这就好像武松在景阳冈方才打死一只老虎，已经精疲力竭，前面又现“老虎”，其实它只是当地狩猎者穿着虎皮衣，躲在草丛里……是人扮的老虎。

“副驾驶”让我看看路边的指示牌，上面写的是“大悟”二字，只是与“大雾”同音，并无大雾啊！只是一场虚惊。

大悟，隶属湖北省孝感市的一个县，在大别山脉西南段。这是著名的革命老区，是鄂豫皖革命根据地的腹心地带，具有光荣的革命历史。周恩来、董必武、李先念、徐向前等党和国家领导人都曾在这里战斗过。1955 年被授予大将军衔的徐海东，被授予中将军衔的程世才，被授予海军少将军衔的刘华清，都是这方人士。

徐海东是被毛泽东主席称为“对中国革命有大功的人”。他给我的印象最深，是一位传奇将军。1935 年 11 月，毛主席率领的中央红军历经千辛万苦来到陕北。红军战士一个个衣衫褴褛，缺衣少食，处于饥寒交迫的境地。毛主席写了一张借条，让军委采办处的杨至诚主任等二人去找徐海东，说明来意，想借两千块大洋，以解决中央红军的吃穿问题。徐海东率领的红二十五军处境也不怎么好，但徐海东党性非常强，他非常尊重中央，立即喊来相关领导问还有多少存款，被告知一共有七千块大洋。徐海东拿出两千块留给自己，把另外五千块给了中央红军。这是何等的胸怀！这是何等的境界！所以，毛主席对徐海东的举动十分赞赏。在红军领导人会议时，毛主席时常问一句：“海东来了没有？”彭德怀见到徐海东，夸赞他对初到陕北的中央红军是“雪中送炭”。徐海东说：“这是应该的，本应多给些，无奈我们穷，拿不出来啊！”

这件事写进了我们党史军史中。毛主席还夸他是“工人阶级的楷模”，因为徐海东参加红军前曾做过窑工。

在学校时我就读过程世才写的革命回忆录，也读过中央军委副主席刘华清为建设我国航母装备做出卓越贡献的事迹。

想到这几位将军，不禁让我对大悟这个地方肃然起敬。

人应该大彻大悟，只有胸怀天下，才能有大悟的思想和大悟的行动。

服务区的天是明朗的天

有一首歌叫《解放区的天是明朗的天》，我在自驾路上，常用这首歌的曲调填新词，把它唱成："服务区的天是明朗的天，开车的人儿好喜欢！"

从沈阳到海南岛，在高速公路上，我进了不知多少个服务区。

进服务区，主要有几种情况：

一是车上油箱里的油不足了，必须加油；或水箱里的水不多了，必须加水。

二是开车时感到车好像有毛病，继续开可能不安全，需要进服务区到汽车维修部请师傅看一下，修理一下。

三是经过长时间的行车，我感到疲乏，感到累，需要到服务区里休息一下。

四是到了饭点儿了，需要填饱肚子。

五是要去洗手间。

快到服务区时，高速公路会提前预告，距离 2 公里、1 公里、500 米……服务区有醒目的蓝色大牌子，大牌子上一般有四种图标，第一是 P 字，是泊车的符号；第二是油罐，是加油的标志；第三是一个扳手，是汽车修理的标志；第四是一副刀叉，是餐饮的标志。有时还有一个床的标志，这说明服务区有能住宿的宾馆。还有一个很重要的项目，就是可以在服务区上洗手间，这在图案上没有显示。

服务区是高速公路上不可缺少的设施。但不是所有的服务区都具备全部的功能，有的服务区比较简陋，没有餐饮，或没有维修，这都是很正常的。有的服务区不能加油，这就让人感到特别遗憾。

我的原则是油箱里还剩一半油的时候就要加满，免得出现意外，有备无患。在从沈阳开出 2200 公里的时候，途经的两个服务区是不能加油的。我瞥了一眼仪表上的汽油数，只能寄希望于下一个服务区，但没想到在下一个服务区加油站立了一个醒目的大牌子："92 号油暂缺，敬请原谅。"我只好跑几十公里的路，到下一个服务区加油。

在各地的服务区，人们可以品尝到当地的美食，这也是长途自驾中的一个期盼，一个亮点。

到服务区就餐时，应该从容地看看都有什么好吃的，然后再选择一样最爱吃的，免得后悔。

比如一天中午，我们到鄢陵服务区，看有炒米粉，觉得挺好，就买了，待我们吃完米粉，才发现还有好多好吃的，有河南烩面，还有排骨面和牛肉面，都是我喜欢吃的。

后来到服务区吃饭，我就先看一圈，然后再确定吃什么。有的还有自助餐，有许多主食和副食可供选用。比如回程到绥中服务区就餐，有几十种可以挑选的菜肴，太丰富了！我们点了土豆、豆角炖排骨，非常地道。当时我想，中国其他地方都不会有这样大的盘子，分量绝对超足，玉米面大饼子又宣又香。滚烫的鲜豆浆是免费的，自取即可……如果不是着急赶路，就冲这个伙食，我一定在这个服务区住几天！

车上播放着歌曲《映山红》，我用这个曲调唱出了我的心声：

夜半三更盼天明
寒冬腊月盼春风
司机盼进服务区
抻个懒腰好轻松

许多服务区都出售具有当地特色的工艺品，有的就是小玩意儿。我在几个服务区都买了有个性的石雕或木雕作品。在朱砂服务区，我看到有非常精巧的手制弹弓子，是木制品，两叉中间有橡皮的弓引子。小的时候曾玩过弹弓，用它打家雀。没有想到这里会有这样好看、好玩的手工制品，我立刻掏出 20 元钱买了它，想象回到家把它摆到书柜里，或挂在墙上，很有意味。店主看我买了这弹弓，便向我推荐弹子，说 5 元一袋。我说我不用这个。他说这个才正宗，还便宜，有 80 多粒。我说我买这个弹弓只是做一个摆设，买的是一件工艺品。店主表示这太不能理解，只买弹弓不买弹子，那要弹弓有什么用呢?

不是所有的服务区都可以住宿，能住宿的服务区条件也不一样，有的很像样，有的简陋些，有的附带餐厅，有的没有餐厅，有的有网络，有的没有网络。当我们在高速公路上奔跑了一天之后，在一个服务区见到能住宿而且条件很不错的宾馆，就立即办理了入住手续。因为这就免得往城里跑了，下高速和上高速，还要跑很远的路。住在服务区，车停在服务区，能很快上高速，比住在城里方便得多，还能节省很多时间。

长沙服务区有一个缘通酒店，是一座高层楼房，条件特别好。南来北往开大货车、开私家车的司机，很多都在这儿住。我们也在这儿住。办理完入住，我俩到三楼就餐，点了米饭、红烧鱼、熘肉段、菜汤。看着服务员一样一样把菜端上来，那种滋味和感觉，真的好极了。我还打开了从衡水服务区买的磨砂瓶“老白干”，本不会喝酒，但在这样的情境下也像模像样地喝了两盅，那叫一个舒坦！那叫一个惬意！

在路上住宿，不要太讲究，但也不能太将就，只有休息好，才能缓解疲劳，第二天才有充沛的精力上路。

我的“另起一行”

我很注意午间休息，午睡对于一个人的健康是很重要的保障。我把这个日常午睡形象地称为“另起一行”。

写作时，一个小节写完了，再写一小节时，就需要“另起一行”。在电脑上打字时，另起一行，就是回车，也是一种重新开始。

我的“另起一行”已经坚持了很多年，没有特殊情况基本都会午睡。

这次长途驾车，中午都是在路上，但我们也尽量坚持这个“另起一行”。

我们的办法，就是在服务区午餐后，把车前面的两个座椅放倒，当成两个小卧铺，躺在上面休息。

这样简易的午睡方式，也能使我们得到充分的休息。我们没有限制自己休息的时间，一切顺其自然，能睡一个小时就一个小时，能睡半个小时就半个小时。

这样眯一小会儿，可以让周身得到放松。直坐几个小时，手臂握方向盘，两脚踩油门、踩刹车都处在工作状态，这样平躺一会儿，可以让腰、胳膊、腿儿都得到休息，包括盯了几个小时路面的眼睛，用一张折叠的报纸或一块手帕盖住两眼，使双眼得到充分的休息。

服务区有时也不安静，或放音乐，或放饮食广告，也有大车小车进进出出的噪音。我们就用餐巾纸撕两小块把耳朵堵上，这样就听不到车外的杂音了。

有人说，午睡可以提高记忆力，有益于心脏健康，可以逆人体机能的衰退。我的体会和感觉是，每天“另起一行”之后，精力会得到恢复，体力会得到补充，精神会得到振奋。

我在自驾路上的“另起一行”，是我们旅程顺利的重要保障。

孝感，孝顺之感

孝感是中国唯一一座以“孝”命名的地级城市，也是中国孝文化之乡。

孝感在湖北省东北部，位于长江以北，大别山、桐柏山脉以南。地跨长江、淮河两大流域。

高速公路上的孝感服务区别具特色，在路边高高耸立着两位古人的雕像。雕像十分高大，须仰头望之。车到孝感，我顾不得去餐厅，顾不得去小超市，顾不得去洗手间，而是先跑到这两尊雕像前驻足细看。雕像非常粗犷、俊美、逼真和感人，雕像上的人物，一个是董永，一个是七仙女。

董永和七仙女的故事一直在民间流传着。

董永是汉朝时一个有名的孝子，他家里一贫如洗。他的父亲去世后，董永无钱办丧事，只好以身作价向地主贷款，埋葬父亲。丧事办完后，董永便去地主家做工还钱。在半路上，他遇一美貌女子，女子拦住董永，要董永娶她为妻。董永想起自己贫寒的家境，还欠地主的钱，怎么有钱娶媳妇呢？他死活不答应女子的请求。那女子左拦右阻，说她不爱钱财，只爱他人品好。董永想，这个女子以前也不认识，互相都不了解，怎么就知道我人品好？但董永架不住女子的真诚恳切和坚定的心，只好带她一起去地主家帮忙。

女子心灵手巧，织布如飞。她昼夜不停地干活，仅用了一个月的时间，就织了三百尺的细绢，帮董永还清了债务，使董永得以赎身。在回家的路上，他们走到一棵槐树底下，女子便辞别了董永。

传说中这个女子就是天上的七仙女。因为董永心地善良，七仙女被他的孝心感动，所以下凡来帮助他。

后人为了纪念董永的孝道，就把这个地方唤作“孝感”，说明一个人的孝心可以感天动地。

如今，凡是在孝感服务区停留的人，都会远远看到这两尊雕像。在这个服务区里，有多块图板，用文字和图画记述董永和七仙女的故事，记述董永卖身葬父的故事，记述孝感这座城市的古往今来，记述孝感改革开放和建国几十年来的巨大变化。

孝感是湖北省中部地区最有潜力和竞争力的城市之一。这座城市把自己的服务区建设得如此有魅力，如此有特点，如此吸引人，真的是颇有远见。一个服务区成了这座城市一个透明的鲜亮的窗口，同时也成为我们民族传统道德基础和社会主义核心价值观的宣示平台。

我从这里经过，虽然停留的时间不长，但两尊巨大雕像所传递的“孝”已经耸立在我的心中。

这时，我想到了我的母亲张福坤。我的母亲是一位勤俭、慈爱、善良、坚强的老人。20 岁时母亲过门，做了三个姐姐的“后妈”（父亲前妻去世）。之后，和父亲生育了我们六个子女，年轻的母亲以最大的疼爱抚养我们九个孩子长大成人，母亲也受到了九个孩子的尊崇和感恩。

我在母亲能走动的时候，专程带她去了一次北京，并且登上天安门城楼，在城楼上看天安门广场。妈妈那瘦小却硬朗的身躯站在那里，想到了许多往事，一时凝神不语。我买了一张由北京天安门管理处颁发的登天安门城楼证书，上面印着妈妈的名字和登楼时间。那个证书印得很讲究，很精致。回家后，妈妈就把它和在北京照的照片镶在一个大玻璃框里，挂在墙上。妈妈那时 85 岁，没坐过火车卧铺和飞机，我特意带老人家坐火车的软卧下铺去，坐飞机回，实现了老人的愿望。至今，我还记得母亲坐在飞机舷窗的位置，一直向外张望，看天上的白云，看地上的山岭和河流……

各家的老人不一样，各家的孩娃也不一样。但孝敬父母，在我们这个有几千年文化传统的民族中，在我们今天的社会里，仍是人人认可和共同称赞的美德之一。

对长辈的孝，更主要的是要顺着老人的心愿。我弟弟英宗说要“以顺为孝”。确实啊，孝顺孝顺，不顺还能称为孝吗？

1989 年，那是改革开放十周年的时候，老百姓的日子过得一天比一天好，谁家还会为吃饭发愁啊？母亲这时候想起了一桩需要还粮的事儿。

1948 年的春天，在沈阳尚未解放的时候，那是一个家家日子都不好过的春天。一个曾经和父亲同在一个工厂工作的家住铁岭乡下的同事李忠阳，找到我父亲，为他的长兄李忠堂家筹借度春荒的口粮。当时我们家人口多，生活也很艰难，并无余粮可借人。那个时候我们还吃过喂马的豆饼，那是把井盖大小的圆圆的豆饼用砍刀一片片削下来，再用火炉烘烤，我们小孩子一个个嚼得嘎嘣嘎嘣的。那是人吃马料、填充肚皮的年月啊!

我们家肯定是没有粮食借人的。但我家有一个关系十分要好的远亲、名叫路保芝，有一些粮食寄存在我们家。当时工人上班，厂子只给极少的零花钱，工资主要是发放粮食。路保芝是个单身汉，无妻无儿，也不知积攒了多长时间当作工资发放的130斤高粱米和小米寄存在我们家。放着也是放着，救人要紧，而且李忠阳说到了秋天打下粮食就会还。我父亲替路保芝做主，把粮食借给了这位同事。

到了这年的秋天，借粮人没有还粮，第二年的秋天也没有还。一转眼就过去了十年、二十年，这宗借粮的事儿有头无尾。开始是解放初期粮食统购统销，家家户户只有当月吃的粮食，不可能有存粮。后来时光飞转，似乎借粮的双方早已把这事儿忘得一干二净了，粮食在人们的生活中，已不再是那么紧俏的东西了。

父亲在世时，经常说，如果老李家不还，我们可一定要还给路保芝这130斤粮食啊!

距离借粮事件过去40多年了，母亲把我弟弟英宗叫到跟前，对他说：“你两个哥哥年纪大些，还粮的事儿你来办吧！”弟弟说：“这年头谁还在乎粮食啊？如果一定要还，给钱就完了。”弟弟在一个工厂当党委书记，也是见多识广的人。他主张不必还粮，给钱又省事又方便。母亲坚持说：“不行，当时借的是粮啊！”弟弟说：“俗话说，父债子还。这事儿不用妈操心了，我办就是了。”母亲很是固执，说：“不行。这粮是你爸和我欠的。我有退休金，用我的退休金买200斤大米，还给人家！”

以顺为孝。按老人的意愿办事，就是孝。过了几天，母亲给弟弟打电话说：“粮食买好了，去还吧！”

一天下午，弟弟带着一辆面包车，找了四个大小伙子，先到母亲住处把200斤大米装上车，然后就到铁西区马壮街去还粮。

在车上四个小伙子纳闷地问：“胡书记这是给谁送礼啊？”当四个年轻人知道还粮事件的来龙去脉，

也对老太太的做法表示不理解。弟弟就说：“以顺为孝啊！”弟弟费了很大的周折，才找到路保芝大哥的家，把这欠了40多年的粮食还了。

母亲80多岁的时候，儿孙满堂，原本住在我妹妹家，闺女是妈的小棉袄嘛。但母亲提出要有自己的家。我们说：“您儿女的家不就是您的家吗？”母亲说：“孩子呀，你们不懂。老话说，七十要有个妈，八十要有个家！”我们兄弟姐妹几个以英宗说的“以顺为孝”的原则，给母亲租了位于二层楼的一室一厅的房子。经过一番整修，很像样，一应家具俱全。儿女们这个搬餐桌，那个搬沙发，连孙子辈的也都买微波炉、电饭锅等表孝心。

母亲住得很是开心。她可以自由支配时间和空间，可以早起也可以晚起，可以按自己的意愿做自己想吃的饭菜，可以自主招待亲友和她的老姐妹。母亲可以邀请大姨大妈来她这儿打牌、聊天，想怎么玩就怎么玩，想坐到几点钟就坐到几点钟……这样的生活就是母亲想要的。那些大姨大妈都羡慕我母亲有属于自己的住房。母亲顺心顺意了，也就健康长寿了。

孝感，孝的感悟；孝感，孝的感想。这个地方让我思绪万千，感触颇多！

离开孝感服务区的时候，我内心怀着敬仰，回望董永和七仙女的雕像，一个大大的“孝”字深深烙在了我的心上。

无论走多远，无论过多久，我都不会忘记。

孝，是让一个人牢固立足于世的一种巨大的精神力量！

享受现代新科技

我们这代人真的是赶上了好时候。近年有多少新的科技应用到我们的生活和工作之中，何等的便捷，何等的快活！

我们前辈那时候，亲人之间、朋友之间、同志之间有个急事，要通知一下，从北京到沈阳，从沈阳到广州，打电话不成，需要到邮电局发电报：“父病，请速回”“10日下午3点半火车到，请接站”“祝贺您五十大寿”……电报员让你填表，把要说的话，压缩到最少的字数里，因为电报费是按字数算的。电报员翻着厚厚的电报密码本，在你写的每个字底下填写对应的电报号码，然后发到目的地城乡的邮电局，当地的邮电局再把电报密码翻译成文字，印成一张小纸，让邮递员把这小纸迅速送到收件人手里。如果是偏远的地区，需要一定的时间才可以送达。现在无论多远，哪怕是在国外，用手机短信即时就发到了对方手机。微信可发文字的、语音的及视频的信息，极为灵活便捷。

日常生活中缴纳水费、电费、燃气费、电话费、宽带费，原来要跑到缴费站点排队办理，现在可以随时随地在自己的手机上缴费。

当下的电商也很发达，看好的生活用品，不必跑到商店选购，在手机上、电脑上操作购买即可。购买的物件无论大小，都能送到家里来。

几年前，我和老伴在北京一家饺子馆吃了两盘饺子，却没带钱！店主说没带钱没关系，可以手机支付。

高科技发展到今天，已经普及到人们生活的方方面面，我们为什么不跟上它，为什么不学会它，为什么不享受它呢?

以前，我应邀到部队、机关、社区、学校去讲课，讲雷锋，讲长征，讲写诗，讲写日记，都是只凭一张嘴。现在有了大屏幕，可以事先做出课件，把要用的图片和文字先写出来。讲课时，用手上的遥控器前翻后翻，还可以用遥控器上的小光点，代替以前的教棍，并指到需要大家注意看的那个图、那句话。

我还记得自己第一次用滴滴 App 打车成功的那份喜悦。

那是我们的一个家族聚会。聚会前，我们是正常打的过去的。聚会中，孩子们帮我在手机上安装了滴滴 App。聚会即将结束时，我试着使用这个滴滴 App，司机接单后，我的手机上出现了应答司机的手机号、车牌号和到达的位置。散席之后，我们都往外走，亲属们看到我和老伴及与我们住在一个小区的亲家两口上了我用滴滴 App 打到的出租车时，都为我这样快就用上了这个新科技而赞叹。这鼓励我继续积极使用我们所知道的、所能应用上的新科技，让我们的生活更便利。

每当年节到来的时候，以往都是当面给孩子们压岁钱，现在有了微信红包，就不必舍近求远去干这样的事了。还有朋友的生日，手机和电脑比你记得都准，并及时提醒你给他们提前或即时发出生日的祝福。

我最钟爱的写作事业，以前都叫“爬格子”，就是在 300 字一页或 500 字一页的稿纸上一个方格写一个字，把自己的作品构思好写在上面。我从 1996 年起就用电脑打字写稿，那时学的还是五笔字型这种比较费劲的输入方法。以往给报刊、出版社寄稿子，要寄一大摞稿纸，到邮局去邮挂号，特别担心丢失了，有时很急的稿子要提前好多天写好去邮，经常还是来不及。现在写完稿子，在电脑上用电子邮件或 QQ 很快就能发到编辑手上。

社会在发展，科技在进步，中华人民共和国成立 70 多年来，国家的面貌日新月异，人民生活水平也大大提高了。所谓新科技，并不神秘，只要下功夫学习，没有学不会的。如果我们把它看得难以掌握，产生畏惧之心，就会感到无奈和尴尬，就会被这个前进的时代甩到后面去。

就拿取消纸质车票和机票来说，这是多么方便啊！只要带上你的身份证和手机，一切都OK了。更别说刷脸了，谁也不可能冒充你，他的脸不是你的脸，你的脸就是你的证件，就是你的票。我们前几代人谁也不会想到这个时代会变成这个样子啊！

这次自驾海南之旅，我主要开通了两项新的"科技"，其中一个就是在车上安装了ETC。

ETC是通过车内的电子信息与高速公路口电子收费信息相连接，车辆行驶到高速，不必排队交款，直接从ETC口通过，费用直接被扣除，而且用屏幕显示你的车牌号及扣除了多少费用，明确清晰。

这次自驾使用的另一个"高科技"，就是安装了高德导航。这一路全靠导航指引，我才能安全、顺利地到达目的地。

导航不仅能指引方向、规划路线，它还有许多“亲民”的设计，比如，你设置了一个目的地，它会告诉你几种方案，及用时长短。它还会告诉你这段路程的限速是多少，还有多少公里有服务区，几百米有电子眼，提醒你不要违规行驶，提醒你超速了，提醒你注意从右侧汇入的车辆，包括前面路段有几公里的拥堵，大约需要几分钟才能通过，都有语音提示。

导航界面提示很丰富，语音指引清晰。现在，我已养成使用导航的习惯。

超车别心急，安全是第一

出发前，亲友们再三叮嘱我，在高速路上，千万别超车或尽量少超车，按一条路线老老实实开车最安全。

实际上，在高速路上，怎么可能不超车？一路上，我无数次超车。前面的车跑得慢，我又不能总在它后面当“跟屁虫”，只能超过它。

超车的关键问题是判断。

判断不可失误。要不失误必须了解自己车前后路况，反复看，确定了符合超车的条件时，再果断超车。

要确定左侧车道上没有超车的车，这从反光镜和后视镜可看得清清楚楚，不能有半点含糊。在有比自己行驶速度快的车，并且与你距离不是很远时，就要让他先于自己超车。

你要超越的大货车后面，没有跟行的小车、面包车和大巴车，或虽然有，但一直匀速跟进，你就可以超过它们。

超车时，要做两个最重要的动作，一是打转向灯，二是鸣喇叭。这是通知前车的司机：我要超车了！

如果前车没有反应，你就可以超车。如果有反应，打左转向灯，说明它也准备超车，你就必须暂时打消超车的念头，让它先于你超车。

如果道路有标示牌提示前面路段1公里内在修路，在施工，这时候即使有超车条件也别超车。

如果前面是弯道或是坡道，也一定要取消超车的打算。

在超车时，要提前30秒以上打转向灯，通知后面的车，你有超车的打算。

在路上，遇到大货车，经常是你要超过它时，它也突然打转向灯要超车，而且与前车并排同行，且很长时间僵持不下，互相“斗气”，谁也不让谁。这时候，你不能着急，只能耐心冷静地等待它成功超车或退回原位后，再考虑超车。

在超车时，心态要平稳，要随时观察前后车的变化，并采取相应的措施。如果开得速度过慢，半天超不过去，那是很要命的。但如果开得速度过快也不安全，一旦有情况发生，很难及时采取措施。

超车之后，要赶紧回到正常行驶的车道上，不要长时间霸占超车道。回到原来的车道，也一定要与被超的车保持一定的距离，切不可刚超过立即就回原道，而且速度不能比被超的车慢。回原位时，要打右转向灯，给后车提个醒。

遇到路边停着的车，你超过它时要格外小心。因为你不晓得会不会从车底下钻出人来，或从车上跳下个人来，或突然打开车门……

在高速路上，我最不愿意在两辆大货车中间行驶。每当遇到这样的情况，我都想办法尽快摆脱困境，或快速超过它们，或甘愿跟在它们后面低速行驶。等它们变换了车位，不并排行驶时再超车。

高速公路通常规定大车每小时行驶 100 公里，小车 120 公里，这就保证了小车在超车时具有优势。

碰到前面是一个车队时，超车成功后，有时不能很快回到原道。这时就要观察车队的空档，在两车距离较大时，迅速灵活插入，这样比在快车道即超车道上久行要安全得多。

总之，在高速路上行驶，不超车是不可能的，但超车的规矩和窍门很多，不能盲目，更不能存在一丁点儿侥幸心理！

雨中行，快乐行

有一天，我们全天行驶在雨中，这是完全没有预想到的。

早上要出发时，就见车顶棚上有一层水，这是昨夜下雨的痕迹。天阴沉沉的，黑云压得很低，雨似乎还要再下。但当时我决定：不管雨下不下，我们都走！

我们出发一个小时后，雨下得越来越大了。整个路面看上去就是一层水。大货车通过时路面积水被溅起老高，像巡洋舰穿过海平面一样。小车通过时轧出的车辙就像刷到道路上的两条白线。

在这样不顺的情况下，我首先想到的是要保持快乐的好心情。

我把车上音响打开，插入老歌的光盘，开始一首一首地听。

听归听，我的心思还是专注在路况上。

在这样没有预想到的大雨天，谨慎驾驶是第一位的。我特别注意前后左右出现的车。

阴雨天行车，感觉像是进入夜晚行车。我打开了近光灯和防雾灯。为了防止挡风玻璃产生霜气，影响视线，还把车上的冷气打开，并让冷气吹向挡风玻璃。

我适当减速，因为雨天路是湿滑的，路面上的雨水和我的轮胎之间会形成类似“润滑剂”一样的物体，让车的制动性能变差。

谁也不希望遇到这样的大雨，谁也不愿意在这雨天里开车，但是碰上了，只有前进，只有谨慎驾驶，没有别的办法。而且要保持好心情，不能烦躁。

我双手稳稳地握住方向盘，保持直线行驶，保持低速行驶，有弯道时特别小心，轻缓踩刹车，以免轮胎抱死而造成车子侧滑。

雨中，许多车和我一样，尽量开得慢一些。即使前面道路笔直宽阔，也一样小心。

在这样的雨天，与谁为邻也很重要，要与大货车划清界限。不仅不能跟在它后面，以免被它挡住视线，还要离它远远的，防止它突然刹车造成追尾。

不怕慢，就怕站，该站的时候必须站！

“不怕慢，就怕站”是我们从小就知道的生活哲理。我们也曾把这句话讲给孩子听。

佐证这句话最直接、最形象的例子就是乌龟与兔子赛跑。兔子本来跑得很快，乌龟根本无法与它相比。可兔子自高自大，不把乌龟放在眼里，在赛跑中途睡觉。而乌龟一直在跑，直到最后跑到终点，获得第一名。

海泉是属兔的。他大学毕业后去北京打拼时，有一年过生日，我和他妈妈给他准备的生日贺卡的封面就是一只兔子。我在贺卡上写了一句话：“不要重犯与乌龟赛跑的错误……”那是一种隐形的嘱咐和提醒。

还有一个故事，讲有一个孩子，做什么都不能持之以恒，学习成绩一直不好。一天晚上，孩子做完作业后，爸爸给他一块木板和一把小刀，让他用小刀在木板上刻一道刀痕。刻完后，就把小刀和木板一起锁在抽屉里。第二天晚上，孩子做完了作业，爸爸又把木板和小刀拿出来，让孩子在昨天刻的那道刀痕上再刻一刀，孩子刻完了，爸爸又把小刀和木板锁到抽屉里。就这样，每天孩子做完了作业，爸爸都让孩子在木板上刻一刀。很多天过去了，这块木板被刻透了，变成了两块木板。爸爸成功地让孩子懂得了坚持就能胜利的道理。

这个故事也告诉人们“不怕慢，就怕站”的道理。骐骥一跃，不能十步；驽马十驾，功在不舍。一生的成败，不在于你一下子用了多大的力气，而在于你是不是一辈子不懈努力。这个道理我是信奉的。我家写字间的墙壁上悬挂着作家丁玲题赠我的“水滴石穿”和书法家沈延毅题赠我的“锲而不舍，金石可镂”的条幅。

“不怕慢，就怕站”，这里的“站”就是停顿的意思。无论是生活，还是学习和工作，都要付出一定的体力、精力和心血，要长年累月地坚持，否则不会取得好成绩。

在这次长途驾驶中，我深刻体会出了“不怕慢，就怕站，该站的时候必须站”这句话的哲理。

在高速公路上，驾车不是赶集，不要想着能早到一天就早到一天，能早到一个小时就早到一个小时。

如果精力充沛，精神饱满，体力强壮，那就在路上多跑一些。如果感觉胳膊、腿乏了，眼睛累了，脑子不那么清爽了，就赶快到服务区歇一歇。

这是一种必站之站。

人生很似长途旅行，不仅像作家写作时努力“码字”一样需要积极地往前赶路，也应时常停下来，歇息一下，检视一下，要有从容和淡定的姿态，要不慌不忙，有条不紊。这是一种人生境界，一种人生智慧。

在整个长途旅行中，我和老伴不那么赶，不拒绝“站”。该休息时，就果断进服务区休息。有时候也会在服务区路边停下来，从车上下来抻个懒腰，喝口水，歇三五分钟。

有时我把服务区当成了课堂。

我们在平江，再次重温了彭德怀元帅的丰功伟绩，重温了他早期感人的革命实践活动。在这里看到了很多绘图资料，也有大量鲜活生动的文字。

1982 年我在原沈阳军区政治部、文化部当干事。我们军区的话剧团，是抗战时期就有名的“抗敌”话剧团。当时创作排演了一出大戏《彭大将军》，并进京为党的第十二次全国代表大会的代表演出。我随团赴京，为这次演出活动做宣传，曾在 1982 年 9 月 15 日《人民日报》上发表了大半个版的评论文章《舞台上一个活的彭老总》。我十分敬仰彭老总，深深佩服他平江起义的壮举。1928 年 7 月 22 日，彭德怀、滕代远、黄公略等发动了震撼全国的平江起义。这是继南昌起义、秋收起义和广州起义之后，中国共产党在中国革命危急关头发动和领导的又一次伟大起义，它沉重打击了国民党当局的黑暗统治，有力地策应和支援了井冈山革命根据地的斗争。平江起义创建的红五军，在彭德怀、滕代远率领下，冲破敌人重重围堵，主力于1928年12月到达井冈山革命根据地，与毛泽东、朱德领导的红四军胜利会师，为人民军队创建发展增添了一支劲旅。

我能来到平江也是一种荣幸。

我们在一个中午到达了赤壁。“赤壁”，我从小说闻知。看小人书就看过《赤壁之战》，这是三国时期一个古战场。当时曹操平定了北方，亲率数十万大军挥师南下，直逼东吴。面对强大的敌人，吴主孙权采纳了手下谋士的建议，联合刘备共同抗曹。当时，曹操驻扎在赤壁江北，孙刘联军驻扎在江南。孙权的都督周瑜用部将黄盖的火攻之计，将曹军的连环船烧得溃不成军。赤壁之战，孙刘联军以弱小的兵力大破号称八十万的曹操大军，从而形成了魏、蜀、吴三国鼎立的局面。这是中国历史上以少胜多、以弱胜强的著名战役。在中国历史上特别是中国军事史上写下了光辉的一页。赤壁古战场，至今还保存着当年的原貌，是不可多得的历史遗迹和旅游胜地。

在赤壁服务区里，有一块“赤壁欢迎你”的宣传牌，宣传板上有当地书法家抄写的苏东坡的《念奴娇·赤壁怀古》，我站在宣传牌前拍照，还高声朗诵着：

> 大江东去，浪淘尽，千古风流人物。故垒西边，人道是，三国周郎赤壁。乱石穿空，惊涛拍岸，卷起千堆雪。江山如画，一时多少豪杰。
>
> 遥想公瑾当年，小乔初嫁了，雄姿英发。羽扇纶巾，谈笑间，樯橹灰飞烟灭。故

国神游，多情应笑我，早生华发。人生如梦，一樽还酹江月。

朗诵着情感激昂的词句，我犹如穿越到刀光剑影、火气冲天的古战场。当年的战事多么奇绝！更为奇绝的是苏东坡的词句，让人物重现，并定格在他的字里行间，成为经典。

不怕慢，也该站。有时站一下，会拓展自己的视野和思维，会提升自己对世界的感受能力。

让世界爱上中国道

由于外出旅游和办事较为频繁，乘坐飞机和火车这两种公共交通工具的时候比较多，对我国民航事业、铁路特别是高铁事业的发展，有太多太深的感受！

如果不是这次长途自驾之旅，不是路涉我国这么多条高速公路，我对国家的高速公路建设肯定还是很不了解，或了解得很不深透。

世界各国尽管对高速公路的定义不同，但基本上都是指有 4 车道以上、双向分隔行驶、完全控制出入口、全部采用立体交叉的公路。一个国家的高速公路里程数量可以在一定程度上反映该国的交通发展水平，以及社会经济发展水平。

中华人民共和国成立 70 多年来，高速公路建设可以说是突飞猛进。我国最早建成的高速公路是沈大（沈阳到大连）高速公路。对于这条高速公路的建设，我记忆犹新。

1984 年 6 月，沈大高速公路开工，全长 375 公里。这条公路在建设初期是按一级汽车专用公路标准实施的。12 月 21 日，沪嘉 (上海至嘉定) 高速公路开工。

1986 年 2 月，国家计委批复了沈大高速公路中间段改扩建为一级公路的设计任务书。至此全线建一级公路的立项手续完备后，开始有计划有目标地以南 (大连) 北 (沈阳) 两端向中间推进的方法进行施工作业。年底北端沈阳至鞍山段建成，全程 93 公里。

1987 年 9 月，辽宁省计经委在征得国家计委的同意后，批复了沈阳、大连两头建汽车专用公路的报告和计划任务书。同年北端鞍山至营口段建成，全程 68 公里 (沈阳至营口全程 161 公里)；南端大连至金州段建成，全程22公里。

1988年10月已经完成239公里的建设并通车。沈大路除了建成中间段108公里一级公路外，还建成沈阳至鞍山、大连后盐至三十里堡南北两段共131公里全立交、全封闭、全部控制出入口的收费高速公路，实现了中国大陆高速公路零的突破。

当时曾传沈大高速公路上有一段可以做飞机起落的跑道，人们颇觉神奇新鲜。

这样一个了不起的道路的开通，使所有人都想去看一下。我国当代文坛巨匠、著名作家刘白羽1991年访问东北时，曾同我商量从大连返回沈阳的路线和行程，在3月26日给我的信中，曾说：

> 我很欣赏美国的高速公路，如有条件，从大连可乘车回沈阳，然后从沈阳返北京。

当年我陪同白羽先生考察东北两个月，他的愿望也得以实现。他坐汽车行驶在沈大高速公路上，兴奋异常，不停地夸赞我国修建的第一条高速公路。

白羽先生在信中提到了美国的高速公路。美国在1940年就有了第一条高速公路。美国高速公路网建设的动议，是从1944年开始的。美国的高速公路使用率比较高，因为美国几乎人人都有车，都会用到高速公路。而在中国，最开始的时候，只有出差、短途旅游或者短途运输时，人们才会用到高速公路。也就是说，那个时候，高速公路的使用在中国并不是人们日常生活所必需的。

美国高速公路比较简单实用，中间隔离带没有植物墙之类。各州高速公路修建得也不一样，交通法规也有所不同，有的车要有前车牌，有的只要求挂后车牌。

美国的高速公路里程曾很长时间位居世界第一。

中国地域辽阔，地形地貌差别极大，这就给高速公路的建设带来很大的挑战。我国高速公路建设是从经济发达且修建难度比较小的地区开始的。随着国家主干道计划的逐步实施，为实现成网的要求，建设重点转向地形复杂的地区，隧道及高跨、长跨桥梁的占比越来越大，同时高速公路的平均造价也大幅度提高。从 20 世纪 90 年代开始，中国进入公路建设快速发展的时期，尤其是 1998 年中国实施积极的财政政策以来，中国公路建设投资数量大、开工项目多。

我国高速公路主要分为国家高速公路和省级高速公路两大类。国家高速公路联通全国范围内的城市，省级高速公路联通本省和邻省的城市。

1987 年 12 月，京津塘高速公路动工，全长 142.69 公里。这是中国利用世界银行贷款进行国际公开招标建设的第一条高速公路。

1988 年 10 月 31 日，沪嘉高速公路正式通车，沪嘉高速公路有四车道，全长 20.4 公里。

1989 年，中国大陆高速公路通车里程为 271 公里。

1990 年 8 月 20 日，经过 6 年多的努力，沈大高速公路全线建成并开放试通车。

1994年，中国大陆已建成通车的高速公路总里程达1603公里。

1998年，新增高速公路1741公里，通车总里程达8733公里，居世界第六。在建高速公路总里程达1.26万公里。9月3日，华北高速公路股份有限公司、东北高速公路股份有限公司、湖南长永高速公路有限公司、广西五洲交通股份有限公司被批准为第一批使用国家特批指标在国内发行A种股票的高速公路公司。至此，中国大陆高速公路建设资金融资也走上了股份化的道路。

1999年，新增高速公路2872公里。同年10月31日，济南至泰安高速公路建成通车，中国高速公路通车总里程已达11650公里，居世界第三位。山东高速公路总里程率先突破1000公里，达到1354公里，居中国大陆各省区首位，宁夏回族自治区高速公路建设实现了零的突破。

2000年，中国大陆高速公路通车里程已达1.6万公里，京沈、京沪高速公路实现全线贯通。

2001年，中国大陆高速公路通车里程达到1.9万公里。

2002年，中国大陆新修高速公路5583公里，总里程达到2.52万公里。

2003年3月21日，沈大高速公路进行全线封闭改造，这是中国第一条八车道高速公路。中国大陆当年新修高速公路4600公里，总里程达到2.98万公里。

2004年，中国大陆高速公路里程新增4400公里，总里程已逾3.42万公里。

2005年，中国交通部发布高速公路7918网络，北京与呼和浩特高速公路贯通。当年高速公路新增6717公里，总里程达4.1万公里。

2006年，中国大陆公路通车总里程达到348万公里，新增高速公路4460公里，总里程达4.54万公里。

2007年，中国大陆公路通车总里程达357.3万公里，其中高速公路 5.36 万公里，位居世界第二。

2010 年，中国大陆高速公路通车里程为 7.4113 万公里(不含港、澳、台地区)，比 2009 年底增长了 13.92%。河南省高速公路通车总里程首次突破 5000 公里整数大关，已连续 5 年位居全国高速通车总里程首位。

我国高速公路在 2012 年首次超越美国。

2012 年，中国高速公路通车里程已达 9.6 万公里，已经超越了美国的 9.2 万公里，居世界第一。2015 年年底，中国高速公路总里程达到 11.7 万公里，2017 年增加到了 13.1 万公里，继续位居世界第一位，比美国的高速公路里程多了近 3 万公里。

2013 年，河南高速再创新高，达到 5830 公里，通达河南的所有省辖市，通车里程连续 7 年保持全国第一，形成了以郑州为中心，纵贯南北、连接东西、辐射八方的高速公路网络。河南也成为全国率先实现县县通高速的省份，108 个县城，20 分钟就可上高速，

3小时能通达所有省辖市。

2020年中国高速公路网达到8.5万公里。新路网由7条首都放射线、9条南北纵向线和18条东西横向线组成，简称为“7918网”，将我国人口超过20万的城市全部用高速公路连接起来，覆盖10亿人口。工程总投资超过2.2万亿元，对国民经济的推动力将超过6万亿元以上。我国不仅在高速公路总里程上超过美国，高速公路里程建设还以每年超过5000公里以上的速度在增加。如此便捷的交通，把全中国连接成一个有机的整体，加快地区间的人流和物流，推动社会经济发展。

我从沈阳出发，行驶在京沈高速公路、沿海高速公路、大广G45（大庆到广州）、京广和京港澳G4高速公路上，更觉得我国的高速公路是那么的宽阔、平坦。

广东山多，隧道自然多。但广东的隧道都很讲究，亮堂、简朴、美观、干净。隧道里三排道中间的隔线非常规范，非常清晰。每条隧道都不短。广东的河流也多，河上架桥自然就多。隧道穿山，河上架桥，都给高速公路建设增加了难度，但我国的高速公路建设始终都在突飞猛进。

这时，我为我们祖国社会主义建设的繁荣而自豪，由衷地喊出：

“让世界爱上中国道！”

诗意的旅行，豪情的奔走

在宽阔、平坦的高速公路上，长时间只有我一辆车在风驰电掣般行驶，那种感觉真的太豪迈了！

我顺口说一句："太孤单了！"

副驾驶马上顶了我一句："得了便宜还卖乖！"

是啊，一路上多是大车拥塞，小车难穿。好不容易前后左右没有一辆车，竟然发出"孤单"之感慨，确实有点卖乖！

没过多一会儿，过一座城市，车辆拥塞，行动迟缓，或在很长的大货车队伍旁边动弹不得。这时副驾驶就开始"报复"了："这回你不孤单了吧？"

我是一个诗人，在这漫长的路上，不能缺少诗的陪伴。我开始背诵我熟悉的诗人的作品，有的从头背到尾，有的只背一部分。

陈辉的《为祖国而歌》是我的最爱。

我，
埋怨，
我不是一个琴师。
祖国呵，
因为
我是属于你的，
一个大手大脚的
劳动人民的儿子。
我深深地
深深地
爱你！
我呵，

却不能，

像高唱马赛曲的歌手一样，

在火热的阳光下，

在那巴黎公社战斗的街垒旁，

拨动六弦琴丝，

让它吐出震动世界的，

人类的第一首

最美的歌曲，

作为我

对你的祝词……

每当我背诵这首诗，内心都涌上无比敬仰之情。这位抗战时期的诗人，曾是晋察冀边区一个武工队政委，在他 24 岁最好的年纪，率队与敌人遭遇，他拉响腰际的手榴弹，与敌人同归于尽。所以他写的对祖国无比挚爱的诗篇都是其内心最真实的独白。他是一个拿枪的诗人，他是一个写诗的战士，我就是怀揣着载有他这诗作的魏巍编选的《晋察冀诗抄》入伍的，他是我一生的榜样。

在这样的路上，车轮在转着，陈辉的诗让我热血沸腾。

我还背诵我喜爱的诗人贺敬之的长诗《雷锋之歌》中的片段，开头是那么引人沉思：

假如现在啊，
我还不曾
不曾在人世上出生，
假如让我啊
再一次开始
开始我生命的航程——
在这广大的世界上啊，
哪里是我
最迷恋的地方？
哪条道路啊

能引我走上

最壮丽的人生？

我背诵诗人郭小川《雪与山谷》诗集中的诗作：

雪落着，静静地落着

雪啊掩没了山脚下的茅舍，

掩没了山沟里的小道，

却掩没不了动乱的战争生活……

我背诵诗人魏巍的《登雅典卫城》：

我登上雄伟的雅典卫城，

想起你古希腊往昔的光荣，

你那巴特农神殿啊多么壮丽，

只可叹它的殿顶已经倒倾……

我背诵诗人李瑛《我的中国》的片段和梁上泉的《祖母的画像》……

梁上泉就是写出歌词《小白杨》的诗人，也是我到书店买的第一本诗集的作者。那时我在沈阳第二十二中学读初中，我到沈阳太原街新华书店，用母亲给我的两顿午餐的费用2角8分钱，买了梁上泉的诗集《寄在巴山蜀水间》。那里面的诗我大部分都背诵过，尤其是长诗《我的祖母》。它写一家三代参加人民军队，祖母送老伴当了红军，送儿子去抗战，如今又把孙子送到了人民解放的战场。诗的开头写道：

我的祖母，
生在山谷，
长在山谷，
老了还在山谷！
周围三十里，
困住了她的脚步，

从小屋走向田间，
从田间走向小屋，
这便是她一生的道路，
就连充满幻想的梦，
也没飞出过这狭小的乡土……

就是这样一位土生土长的妇女，深明大义，把自己最亲的亲人送去当兵。1979年我在北京参加全国诗歌创作座谈会，第一次见到梁上泉，我们交谈甚欢。后来他来沈阳参加一个音乐文学的会议，还曾到我家做客。我从我的书柜里抽出当年买的那本诗集，封皮儿都没了……后来他给我补寄了他的好多作品集。

车轮在转着，我也背诵了自己在几十年军旅生涯中写的一些诗，从刚入伍当新兵时写的《战士的心境》，到在东北边防线上写的《我把太阳迎进祖国》，在南海西沙写的《椰子树像什么》，再到重走长征路时写的《沉马》《雪葬》《老祖母的情歌》《寡妇村》《红军陵园》……

我回顾了自己大半个人生及创作之路。平时都忙，没有时间给老伴汇报自己写作上的事情，在这异常遥远和空旷的路上，这样集中地背诵自己的诗，也是一段刻骨铭心的经历。

1986年，我参加总政解放军文艺出版社组织的“长征笔会”，第二次重走红军长征路，从江西瑞金出发，跨过千山万水，走到陕北延安。来到志丹县瞻仰烈士陵园，我感慨万千，写下《红军陵园》，后发表在1986年3月17日的《人民日报》上：

寂寞的是陵园
清静的是陵园
不寂寞不清静
只有清明这一天

陵园里有烈士墓

门虽设而常关
寂寞的小花开在草坪
清静的小鸟唱在林间

扫落叶的老人害怕孤独
总放进几个好学的少年
让石桌变成小码头
拴住几片五彩的帆

风吹的是花圈
雨淋的是花圈
风吹不熄雨淋不灭的
是生活的烈焰

花圈一放就是一年
到最后只剩下秃杆杆
雨是人们的眼泪

风是人们的呼唤

一个背诵英语单词的少女
穿一身水红的衣衫
背靠大理石纪念碑
像在复述烈士的遗言

怕寂寞冷静的
是陵园陵园陵园
怕风吹雨淋的
是花圈花圈花圈

每回背诵这首诗，我脑海中都浮现出那座烈士陵园荒凉、衰败的景象，心里特别难过。在这条现代化的高速路上，背诵着这首诗，我不知不觉流下了眼泪。

我大声地背诵着从我心里流淌出的诗句，前人的诗哺育了我，营养了我，给了我思想和艺术双重的提升。

如今，我驾车在祖国的山河中奔驰，我的视野如此开阔，我的胸怀如此广大。一首首，一句句，热血澎湃的诗，激情奔涌的诗，在我小小的车厢里，起伏回荡着！

我常想一句当代流行语："诗与远方"。我此刻驾驶着车，长途前行，背诵着诗，是不是就是"诗与远方"的现实版啊？

这是诗意的旅行，这是豪情的奔走！

独唱独听音乐会

从沈阳到海南，在这漫长的路途中，可以策划和安排很多个活动项目。我的“独唱独听音乐会”就是很有意思的一个。

因为疲累，我希望副驾驶唱歌给我听。可是她一句都不唱。我还记得很多年前，我曾跟她学唱《东山上升起红太阳》这首藏族歌曲。那时我回沈阳探亲，她拿出一个抄歌的小本子，上面有许多用简谱写的歌曲，我们在一起一首首地唱，“跑马溜溜的山上”“十五的月亮升上了天空”“生产队里开大会”“手提篮儿来采茶采来片片香”……但《东山上升起红太阳》，我不会唱，于是她现场教学，教会了我。我重提此事，她依然不理不睬。

你不唱我唱！

我说：“我可是破锣嗓子，除了勉强能把调调唱对，音唱准，就别要求太高了。”她听了之后，鼓励我：“你唱的我都爱听！”有了这句话，我心里就有底了。

开唱！

唱什么呢？就唱自己熟悉的老歌呗！《我的祖国》《月亮代表我的心》《十送红军》《上前线歌》《我为谁人来打仗》《学习雷锋好榜样》……一首接着一首地唱，我发现原来我会的歌还真不少呢！

熟悉的老歌快唱完了，副驾驶似乎没听够。

在一个服务区加油、加水之后，我们又出发了。我“润完了嗓子接着唱”——这是我在连队当兵时写的一首《雪地行军》中的句子，那首诗我至今还能背诵出来，写北方战士野营拉练，在拉练中——

……

寒风强似万把剑，
抵住咱的前胸口；
雪如铁沙直打脸，
想叫咱们低下头！

大风大雪莫逞能，
战士专会治“三九”，
火的队伍铁脚板，
扛着风雪阔步走！

风雪压不倒硬骨头，
热汗顺着脖梗流；
顶风走哇迎雪唱，
渴得咱嗓子好难受！

顺手解开风纪扣，
拧开壶盖瞅一瞅，
怪不得晃荡没有声，
原是冰块封住了口！

随你封，咱还有——
弯腰攥把“白团酒”；
清凉喷香味道美，
正合心呵正可口！

润完了嗓子接着唱，
歌声好比红火球，
烧开了一条进军路，
烧出了红霞漫天游……

一句“润完了嗓子接着唱”，让我回到了1962至1965年在连队的艰苦日子。那时的长途拉练，一个战士背着背包，背包上卷着军大衣，横着一杆长枪，右肩左挎的是四颗教练手榴弹，左肩右挎的是挎包和小水壶，负重不轻。那时的我都没有掉队，眼前这长途驾驶更不能阻挡我的前进。因为我是从野战军步兵团步兵连队步兵班出来的步兵战士！

我一边开车一边给副驾驶演唱我写的那首《我把太阳迎进祖国》。

这是我在东北边防线采访时写的一首诗，并不是歌词。这首诗发表后，被收入北师大编的中学语文课本中。我没当歌词来写，却被作曲家铁源、士心和陈枫谱成了不同曲调的歌曲，并先后被蒋大为、阎维文、郁钧剑、任丽蔚、朱晓红等多位歌唱家演唱。

最先演唱这首歌的是蒋大为，他和阎维文、任丽蔚等人唱的都是陈枫谱的曲子，东北边防线的一些团队和“东方第一哨”“北极哨兵”等都把这首歌作为自己的团歌、哨歌。

士心谱的曲子在央视双拥晚会上由郁钧剑演唱。

郁钧剑对歌曲中的几句词做了修改。

我先演唱的是陈枫作曲版，这也是立于“东方第一哨”所在部队广场上歌碑的版本。接着是士心作曲版，之后是铁源作曲版。铁源作曲版适合战士弹着吉他，自由自在放松地演唱，是流行范儿的。

在祖国边疆最东端的角落，
耸立着我们小小的哨所，
每天当星星月亮悄悄地隐没，
那是我第一个把太阳迎进祖国……

车在行驶，驾驶员一个人在演唱。

副驾驶唯一一次与我配合就是在车上，那是我们俩的“对唱”，唱的是《黄河大合唱》中的《河边对口曲》。开始唱的当然是“张老三”了：“张老三，我问你，你的家乡在哪里？”“我的家在陕西，过河还有三百里。”“我问你，在家里，种田还是做生意？”“拿锄头，耕田地，种的是高粱和小米”。唱着，唱着，我们就用这个框儿装自己的内容了。副驾驶问：“胡老二（我在兄弟姐妹中排行老二），我问你，你的家乡在哪里？”我答：“我的家，在沈阳，离这儿还有千百里。”“在家里，做什么？种田还是做生意？”“在家里，写东西，靠的就是一支笔！”

唱完，我们自己乐呵了半天，觉得挺有意思。

独唱独听音乐会最“高潮”的是唱电影《红高粱》的主题曲《妹妹你大胆地往前走》。因为开了大半天车，很疲劳，我就让副驾驶把车窗关严，免得让邻车的司机听到，误会我们车上发生了什么意外。当确认副驾驶把窗子关严之后，我就忘情地、放肆地、声嘶力竭地唱，并且反复地唱“妹妹你大胆地往前走哇……”，一句比一句调儿高。

不计何时到，安全最重要

出发前，4S 店检车师傅说我的车轮胎磨损得比较厉害，我就果断换了 4 个新轮胎。

在一个很特别的服务区，在特别突出的位置有一个很结实的平台，上面没有任何雕像，只有一台残破的、被撞得七零八落的小车，一看就是从高速公路事故现场拖回来的。把它放在如此显眼的地方，就是提醒所有过往的车辆和人员：安全最重要！

在高速公路上，保持合理车距非常重要。如果每小时行驶 120 公里，那么每秒就在 28 米以上了，如果需要瞬间处理紧急情况，从踩油门换到踩刹车，再踩制动，需要 1 秒到 1.5 秒的时间。没有一定的车距是很可怕的。我在路上特别注意车距，总是提醒自己，不要跟前车距离太近!

我一直坚持不连续开车太长时间，不超过 4 个小时，一般 2 个小时左右必须歇一下。如果有困倦的感觉，不管什么时候，立即找个服务区休息。在服务区下车活动，使腰部肌肉得到放松，促进血液循环，减少肌肉疼痛。有时距离服务区太远，就到右侧的隔离带，打着双闪，小憩一下。

在高速公路上开车，我一般不会打开车窗，无论热还是凉，都不会开窗调节车内的温度。开了车窗，车速高，外面的风会吹得脸部麻木，吹得眼睛睁不开，容易使人产生困倦。

路上车多时，特别是大车多的时候，反而不容易困倦，出现困倦和疲劳的时候，往往都是路上车少，路又笔直、又平坦的时候。

每到一个服务区，人要歇，要吃饭，要喝水，要去洗手间，要嚼点零食。车呢？车也需要到维修部检查一下。当然，不是每进一次服务区，就要到维修部去，但心里要有这个概念，即使车子没有任何情况，也要请维修师傅看看轮胎，看看气儿多少，达不达标，补点气儿或放点气儿，特别是检查一下刹车系统和发动机，有备无患。

完毕后再上高速路的时候，开始车速不会快，达不到高速公路上均速的要求。这时必须礼让后方直行的快车，或正常行驶的车。但你要尽快恢复到高速公路要求的速度，并提前打左转向灯，尽量靠右边车道行驶，瞅准机会变线到左一线或左二线。

在路上千万别挨着好几个大货车行驶，尽量离它们远点。大货车行驶慢，惯性大，不便刹车。而且车上货物或货箱高大，司机后视不太好，盲区较大，与它们太靠近，危险系数必然加大。尤其是有的大货车不按道行驶，很长时间占超车道行驶，如果在它后面，或夹在几个大货车中间行驶，就会很危险。因此基本原则就是想办法躲开大货车，一时躲不开，也别跟得太近，在超过它们时要给货车司机信号，一定让他们知道你要超车，以免他们突然变道发生碰撞。

含糖球比赛

长时间行驶在高速公路上，人会疲乏、会困倦，更会寂寞。

我不断地寻找在路上、在车上能做的有意思的事情，其中一个就是与副驾驶寻趣儿、打趣儿。

我们玩了猜歌名，举办了诗歌背诵会，举行了独唱独听音乐会，还有什么花样？

在家时，我们俩曾举办过好多次含糖块比赛，就是分别把糖块放进嘴里，然后开始计时，看谁嘴里的糖块保持的时间比较长些。谁保持的时间长谁就是赢家。

这次，我们用的是那种没有棒的棒棒糖，挺大的，圆圆的。我们同时把糖球放到各自的嘴里，那糖球个儿大，放到嘴里，腮立即鼓起个包来。

我寻思怎样能坚持的时间长一点儿。以往我们俩在家比赛时，我总是很快就输了，原因是我没有耐心，含着含着就不愿意含了，嘎嘣嘎嘣地嚼碎了。

今天我用了心，将糖球含在嘴里后，我就很少说话，免得口腔接触糖球的面儿增加摩擦，使糖球很快化掉。

一连过了三个服务区，跑了100多公里，老伴嘴里的一小片糖球都化了，而我嘴里还有小半块糖！

我第一次赢了！

我开心地发朋友圈，我的老友于成全的女儿、《沈阳日报》文艺部主任于勤留言道："胡老师总有惊人之举，这次自驾游是继重走长征路、环球游之后的又一非凡行动。对此，我倒有些习以为常了，仿佛您不这样做反倒奇怪，您就是在不断挑战新目标。我最感动的是您和阿姨含糖球比赛这样的生活细节，多么有趣，多么可爱！”

哈，还有人给我们鼓励打气儿呢！

朱亚南评说“三个不凡”

我和朱亚南不是一般的关系。

我在1962年入伍，朱亚南比我早一年。1964年我们相识。那年原沈阳军区举办战士业余演出队会演。我所在的16军（那时还不叫集团军）演出代表队从长春来到沈阳，亚南所在的40军演出代表队从锦州来到沈阳。我们在颁奖会上相遇了。当时我参与写的小歌剧《同志之间》和诗朗诵《十块大洋》、朱亚南创作的天津快板《大毛投弹》获了奖。

我和亚南一见如故。我刚到部队就听说亚南的大名。他是天津体育学院本科大学生入伍的战士。他父亲朱以书是有名的文学教授，曾执教燕京大学、厦门大学、河北师范学院的中文系。亚南入伍后因优异表现获得了广泛赞扬，当时的《解放军报》记者、作家西虹写了关于他的报告文学，发表在《人民文学》杂志上。部队的报纸也经常宣传亚南的事迹。

从相识到现在，我们没有失去过联系。我现在还保存着他在 55 年前即 1964 年给我寄的一寸黑白小照片。

我们的缘分不浅，我们的经历几乎一样，都当过战士、班长、排长，都是从排长的位置调到军、师机关工作的。我们还先后调到军区政治部、文化部工作，他在文化科，我在文艺科。两个科合并为文化处后，他任处长，我任副处长；他任副部长，我任处长。后来，他调到北京，先在八一体工大队任大队长兼政委，又到解放军文艺出版社任社长兼总编辑。

我曾听朋友转述朱亚南对我的评价。他说："胡世宗有三个'不凡'。"这三个"不凡"，第一个是坚持写了半个多世纪的日记，时间跨度 55 年，字数达 972 万字，这部日记 2006 年、2016 年两次由春风文艺出版社出版，计 17 卷；第二个是两次重走了中国工农红军两万五千里长征路；第三个是与老伴乘坐意大利歌诗达·大西洋号邮轮，完成了从上海出发绕地球一圈回到上海的“环球游”。

这次，听闻我自驾从沈阳奔赴海南，亚南欣然赋诗一首：

曾经两走长征路，
今又万里自驾游。
朝辞黄水飞云浦，
暮抵琼岛鹿回头。
椰风海韵迎远客，
至爱亲朋聚金秋。
任其庭柯坠黄叶，

且看晚霞舞红绸。

谁说古稀才思钝，

诗海扬帆正风流！

车进船舱过海峡

从来没有把车开上船过，这是我盼望的一个经历。

从湖南长沙到广东英德，用了一天的时间，跑了533公里。晚上住进英德市一个条件颇好的大酒店。

英德市是广东省的历史文化名城，也是一个旅游重镇，由清远市代管，位于南岭山脉东南部。

下一站就是湛江。我想在中途会会好友，湛江就有我将近40年没见的诗友洪三泰。他比我小两岁，1979年加入中国作家协会，比我早一年。

我和三泰上一次见面还是1979年，在北京共同参加全国诗歌创作座谈会。他是我和诗友李松涛共同的好朋友。我们平时通信很多，他不仅出版了《天涯花》《孔雀泉》多部诗集，还创作了长篇小说“风流时代三部曲”:《野情》《野性》《又见风花雪月》和《女海盗》等，还写过电影《女人街》，成果颇丰。

早在1980年我就写过他的印象记《南方，你的天涯花多么香》，收入我的散文集《当代诗人剪影》中。这次，我开车经过他所在的城市，晚上还住在这里，见面何等难得，何等令人期待，也令人兴奋!

可是，当我联系他时，他正前往深圳并要去广州开会。这就失去了一次与老友见面的机会。他再三表示遗憾，明确表示会让他的夫人和朋友安排我在湛江的活动。尽管我坚决婉拒，但他还是让他的朋友、湛江作协主席黄彩玲和徐闻作协主席刘卫同我联系，安排我在湛江和徐闻的住宿等事宜，并要给我接风。我仍坚决婉拒了。

早餐后，我把导航目的地设在湛江，开车离开了英德。

中午，我们到达阳江服务区，我把车开到了一个僻静的角落。我想在这里的客房休息一下，但没有钟点房。我们回到车上，把座位放倒，躺了约 20 分钟，也休息得十分充分。之后没有感到疲累，一鼓作气开到湛江。

这样，第二天我就可以自驾到终点站海南了。

湛江的夜晚很美好，这是此行最后一次在外住宿。

从湛江到徐闻的路上，遇到一阵急雨。急雨过后，在止雨的刹那，有两只喜鹊从我的车窗前缓缓飞过。熟悉我的朋友，都知道我最喜欢在路上遇到喜鹊。从沈阳出发，一路上，每一天，我都能遇到喜鹊！这是好兆头啊！

路上有多个服务区，我们只是在雷州服务区歇了一小会儿。主要是我对“雷州”这两个字感兴趣。

在雷州服务区休息时，我看到了一台“辽 B”牌照的小车，是大连的车，是辽宁老乡的车！车主是一对年轻的夫妇，他们把小车从大连船托运到烟台，之后沿海边高速公路开到这里，到海南考察旅游资源。

早上8点10分，我们开到徐闻海安新港，却被告知：满员。我记起昨晚曾按照徐闻作家协会主席刘卫的建议，在网上预订了输渡的车位，他们记下了我的车号、我的姓名、身份证号和手机号，并说上哪班的船。我与指挥人员讲明后，直接把车开到了海安新港的售票处。

这个售票处，不用下车，人在车上打开车窗，把相关证件递出去就行，我被告知连人带车一共缴479元。只一两分钟就办妥了一切手续，真的十分便捷。

托运车过海的业务，从早上6点就开始了，一天里，大约一个小时或一个半小时一班船，很是便利。

按照港口工作人员的要求，我把车开进大船。船与陆地有一块放下来的钢板，车一下子就能开进大船。除驾驶员外，车上其他人都要提前下车。

我见到许多大货车开进船舱里，这次我们的小车也要开进去了，我们的小车要升到五层楼上去。两辆小车升一次空，前车倒上来，后车开上去，两车开到同一块大钢板上，并一起升空。

真的很有缘，与我同时升空的就是那辆刚认识的“辽B”车。升空时，驾驶员要下车，坐电梯上到五楼，或踩铁阶梯走上五楼。到了上面，再把自己的车开到工作人员指定的位置。

车安放好之后，人可以到大厅休息。

船上有军人休息区。这是很安静的一个小区域，座位是皮垫座，我凭着“退休军人”证件和老伴到里面休息，感受到党和人民的关怀。自从中华人民共和国退役军人事务部成立后，军人——也包括我们在军队服过役的退休老军人，在机场、火车站，及其他许多公共场合，都得到了实实在在的优待。

就这样，我带着我的车，第一次平安顺利地登船并渡过了雷州海峡！

下船时，我开车从船的肚子里出来，老伴儿在外面等待，上百辆小车就是这样一起从海上通过，老伴也数不过来有多少辆小车，但她明确地告诉我，一共有 41 辆大货车从这个船肚子里开出来……

王玉祥飞到海南来“庆功”

从我宣布自驾奔海南后，一路上在微博和朋友圈发布我们的信息，得到了亲友的关注和关心，他们给我们以支持、关怀、鼓励和称赞。亲友的每一句话都是热乎乎的，都是暖心的，它们和加油站给我的车加油一样，也给我们的精神加了油，增强了我们这一路向南的勇气和信心。如果说这次远征顺利到达海南是一个胜利，那这胜利是大家共同培育的！

当我把自驾到了海南的信息发布之后，立即收到众多亲友的祝贺。

海英：老爹老妈顺利到达，值得庆祝！热烈庆祝胡老爹王妈妈登岛！

海泉：的确超乎想象，太厉害了！太棒了！一块石头落地，接下来你们要好好享受海南的负氧离子吧！

承钧：胡老爹意气风发，一路南下，势如破竹，佩服！

治先从英国发来微信：姥姥姥爷你们真自己开车从沈阳到博鳌了呀？这种精神太值得我学习了！

人民日报出版社前副社长宋世琦、《人民日报》文艺部原文学组组长刘梦岚：胡大哥，你太了不起了！携嫂子自驾去海南，沿途饱览祖国的大好河山，真的是潇洒走一回啊！祝你们旅途愉快！

沈阳市委原副书记、沈阳市政协副主席刘迎初：祝世宗兄一路平安，乐游沿途！

作家、诗人、编辑董恒波：脚踏油门追星辰，亲吻河山有车轮。千里椰风唱大吕，威武壮哉东北人！——为胡老师自驾抵琼点赞！

还有许多亲友爱心满满，细致地关注并提醒我需要注意的事项。

海泉前经纪人李寂卓：你的胎压要随时调整，因为北方和南方温差大，对胎压的要求也不一样，您要注意轮胎有任何不好都要停车检查，如果在高速上检查，一定要停到应急车道，在车辆后方200米处摆放三角警告标志，打开双闪，还有要让阿姨下车在护栏外等待，不要坐在车里，切记啊叔叔！

全国劳动模范李素丽：自驾车，好棒！注意安全哈！

诗友尹伟达：注意休息，中午要在服务

区打个盹！

北方图书城郑茜倩：胡老师，车内睡觉一定要保持通风。

春风文艺出版社前任社长，老友韩忠良：老兄，如果只是路过，最好在高速公路出口附近定个宾馆，有时候进城拥堵或交通混乱，很麻烦。预定宾馆之前先沟通一下停车是否方便，如家酒店一般没有自己的停车场。

沈阳市档案局王彩霞：许久不看朋友圈了！一直在爬楼梯跟踪您和王阿姨！二老的平凡日子，在您的每一次策划下变得冒险又惬意！一路很辛苦，祝二老快乐平安到达！

文友刘永辉：祝贺胡老师——年老雄心壮，深秋豪气生。追逐梦想走，自驾新长征。一路观美景，满眼尽诗情。凯歌高奏日，南国沐春风！

好友，著名评论家、北京师范大学中文系博士生导师张志忠：请世宗兄写一个自驾游攻略如何？我们学习学习。

《乐活老年》杂志主编谢学芳：老当益壮胡老师，一路顺利！

老战友、原总政歌舞团政委王玉祥：这哪里是老当益壮啊，分明是年轻气盛！我后天下午到琼海后第一件要办的事就是请兄嫂吃饭，热烈祝贺老大哥成功自驾到达海南！

玉祥是爽快人，说到做到。在我们到达海南的第二天，他也飞到了海南，并专门赶到我住的地方，为我“庆功”。我说：“我何功之有？”玉祥说：“老大哥这一趟长途奔波，给我和多少比老大哥还年轻的人做了榜样，人就是要不断挑战自己，就是要有这样任性的正能量。”

我和玉祥都同时说到速滑健将叶乔波。

1992 年，我和玉祥同在原沈阳军区政治部任职。玉祥在体育处，我从文化处调到了创作室。大年初五，玉祥到我家拜年。我们聊的主题是叶乔波。

这是一个勇敢的生命，她从小就不向命运屈服，12 岁穿上军装，进入中国人民解放军“八一”速滑队，成为年龄最小的一个“兵”，也是这支专业队年龄最小的队员。我与玉祥说到当年的往事，说到乔波在冰场上百折不挠、坚韧不拔的意志和为国争光克难制胜的钢铁般的决心。她始终追逐着梦中的星云，执迷陶醉地拼杀在冰场，她经历了一次次失败后走向成功，让冬奥会现场第一次升起了我们的五星红旗……

玉祥告诉我，叶乔波有好多本手写的日记，他推荐我看，说看了这些日记，在内心对乔波有更多的敬佩和尊崇。

我开始一本本、一页页、一行行、一字字读乔波的日记，并一步步走近她，走近她的内心世界。我帮助乔波整理出版了她的日记《未来不是梦》。我写有关乔波的报告文学，发表在 1992 年 5 月《人民文学》杂志上，1992 年 8 月《新华文摘》全文转发。

有追求的痛苦是壮丽的痛苦。

有追求和痛苦的梦，不会是平淡无味的梦。

叶乔波，是我在自驾路上自我挑战时常常想到的一个榜样。我记得乔波在她的日记中曾经写道：“人都有一种内在的力量，但这种力量，只有在接受挑战时才会迸发出来。”

春暖花开踏返程

转眼就到了次年的春天。由冬天到春天，在海南你无从感觉到，因为这里到处是绿树红花，长年没有变化。可是在我们老家东北，完全是另一番景象，春天来了，冰消雪化，大地脱掉了白袍，穿上了绿袿子。

声声燕叫唤我回，家乡春来胡不归?

作为候鸟，又到了北归的时候。前一年是自驾来到海南，如今要不要再自驾返回呢?

有许多亲友劝我们还是坐飞机回吧，可以把车放在这里托人代管，也可以把车从海南托运回沈阳。我问:“为什么?”他们说:“太累了！路上情况无常，还不安全！”

我却不认同。我想：既然能开车来，也一定要开车回，这才是一个完整的过程。就像一只蝴蝶长了一只翅膀，不完美！

家乡的亲人们向我们报告了春的消息，说沈阳不冷了，家里的暖气停供了，这等于宣布冬天已经远逝。

我们决心已定：自驾回沈阳！

我们相邻的战友高万富一家也与我们同时驱车出发，他家在辽宁大连，我们可以同行一段。他们一个车上 5 口人，把后备厢放得满满的，座位前也有成袋或成箱的物品，5 个人显得十分拥挤，脚抬得挺高。我让高万富的妹夫张烈到我们车上来，这样他们就没那么拥挤了。而且张烈是一个老司机，他代我把车开到了海口秀英港。

我们到秀英港是上午 8 点 45 分，第一班航船 8 点 30 分刚开走。我们只好赶下一班 10 点 20 分的船了。

这班客轮是“海峡一号”。

客轮下面就是很大很大的船舱，我又一次把车开进船舱，这个船舱可以并肩开进6路车队。每辆车的车轮子都要从铁牙子的船板上经过，这是有摩擦力的，避免前后左右滑动。车队密集，车队前只能勉强走过一个人，还得侧着身子，非常狭窄。开车门时必须倍加小心，否则会碰到相邻的车。我把开进开出这个船舱看作是考查司机技术过不过硬的一个考场。

正好是一个半小时，即11点50分船到徐闻港。

在这里，不是人先下船，车随后行，而是车先出，乘客再依次下船。

我把车开出来，停在一个位置，等老伴儿上车。

我们在这个码头与高万富一家分别。

离开了海南岛，我开始了返回东北的征程。

驾车来，驾车回，意气风发把梦追！

车过深圳探亲友

返程，我的第一个目的地是深圳。

深圳，有我的朋友，有我的亲人！

深圳是改革开放的前沿名城。我最早来到这里，也是因为原沈阳军区和原广州军区的作家艺术家“南北军事文学互访”活动，当我们一行人来到南国这片热土的时候，原广州军区的主人们安排我们访问深圳。

1995 年，我曾在深圳国贸大厦 47 层旋转大厅，隔着玻璃窗看香港的楼群、绿树和与香港为界的那条不宽的深圳河，看金黄琉璃瓦的深圳海关，俯瞰这座新兴的美丽的城市。

与我同访原广州军区的著名报告文学作家张正隆对我说："深圳人平均年龄25岁。"这是多么富有诗意的提醒啊。我立即说："深圳啊，你好年轻！"

深圳因改革而生，因开放而强，她见证了中国翻天覆地的历史巨变。

1978年12月党的十一届三中全会后，中国开始实行对内改革、对外开放的政策。1979年7月15日，中央正式批准广东、福建两省在对外经济活动中实行特殊政策、灵活措施，迈出了改革开放的历史性脚步。那时候深圳市还叫宝安县，一个农民一年只挣270元，而隔岸的香港却灯火辉煌、高楼林立，产生了一股逃港风潮，从此，对标香港，就成了深圳的使命。

我和文学伙伴们访问深圳的时候，深圳最繁华的地方是中英街，那时，万科还在卖投影机和录像机，中兴还在加工电风扇和电话机，华为还在为香港公司代销交换机。当时我女儿海英特别嘱咐我，到这儿买一个录放机。

接下来的20年，深圳成为互联网和新兴工业的前哨，颠覆了中国大地，拥抱了整个时代。

我曾看望了少年时代就结识的工人诗人晓凡，我们一同参观现代化的深圳市图书馆，并在那阶梯式的座位上畅聊当代诗坛的人与事，畅聊我们和这个时代的巨变。我在学生时代喜欢读臧克家、艾青、贺敬之、郭小川等人的作品，喜欢读晓凡和刘镇所写的工业题材的诗作，而且我也有幸结识了他们。我当兵后收到的第一封信，就是晓凡从沈阳重型机器厂二车间寄来的，他嘱咐我，一定要全身心地投入到部队的火热生活中去。

从海南出发的第二天上午，我们到达深圳。

按照计划和导航的路线，我回沈阳未必要经过深圳，不经过深圳可能会近很多，但我到深圳来，是想看看深圳这些年的巨大变化，也想来探望亲友。

2005年，我和老伴乘坐意大利歌诗达·大西洋号邮轮从上海出发，绕地球一圈又回到上海。在这个人生难得的86天的旅行中，我结识了许多朋友，其中就有一位在深圳，他叫关志超，他的夫人叫薄秀芳。

《沈阳晚报》的一位编辑主任祝乔，是我文兄祝乃杰的女儿，她听说我要去上海登这只邮轮环球游，就欣喜地告诉我，她爱人的舅父舅母——关志超和薄秀芳也在这条船上。真的很有缘！上了船我们就去找老关两口。

老关非等闲之人，他们俩原来也住沈阳，是改革开放大潮，让老关有机会进军深圳发展事业，并且做得风生水起，成果辉煌。

上了船，我才知他为了这次环球游做足了准备。他想，这次乘坐邮轮要去 18 个国家和地区的 28 个港口，拍出照片天空海洋都一样，分不清哪儿是哪儿了。他在北京金星旗帜厂订做了 224 面国旗和地区旗，他和小薄上船时就携带了这 18 个国家和地区的国旗和地区旗。每到一个港口，他就拿出这个国家的国旗或地区旗到邮轮的甲板上或港口的码头上拍照，许多同伴都觉得新鲜，都借他的旗帜拍照。

我们在深圳一家酒店住下后，就被老关接到了他家做客。我们在他家看了一场安德烈团队在维也纳音乐大厅的盛大表演，并见到了被他提拔和锤炼成才的两个部下，个个谈吐不凡，都是从苦难和困境中勇敢走向成功的大写的人。

我和老伴最为兴奋的是在这里和儿子的会面。儿子在深圳有演事活动，我们赶到深圳的当晚，愉快地和儿子彻夜畅谈。儿子很关心我们老两口的居住和生活条件，为我们安排得很是周到细致。

在深圳，我们没有错过观赏美术展览的机会。在我们住的酒店旁边就有一个美术馆，正在展出的是《重构乌托邦》。有一篇策展人写的前言，讲述了乌托邦的历史。从《圣经》伊甸园到但丁的《神曲》里的地狱，从柏拉图的《理想国》到托马斯·莫尔的《乌托邦》，人类在建构现实世界的同时，一直在平等地虚构着另一个想象的世界。对于理想中的乌托邦，或出于对完美时空的追求，或源自对远景蓝图的展望，或表达对现实的讽刺和批判，甚至执着于反叛，而遁入乌托邦的境地。策展人引用了柏拉图和亚里士多德对理想中城市的构思，也说到雅典卫城和帕提农神庙是人类将神话乌托邦以城市建筑方式展现出来的最早案例。

城市是巨大人造物的想象产物。我参观的这家美术馆是中国第一家设计美术馆，以推动设计的交流、发展和研究为主要方向。

慢慢参观，反复琢磨，一些设计展图，还有一些实体雕塑和视频播放，很是专业。我想这些展览对今后人类的居住环境，或地球上人造物的建筑，都有着提醒和启示作用。

在深圳短暂的停留，情意深深，收获满满！

穿越隧道要格外小心

这次自驾往返南北两地，有一大段不能回避也不能绕过的道路，就是高速公路上的隧道。修建高速公路时，口号是："遇山穿山，遇水搭桥。"在山区开车，自然会遇上穿山的隧道。

一天下午通过赣鄂省界，一过省界就发现，江西的山大，林密，植被厚，而湖北的山小，林疏，植被薄。

凡有山的地方就有隧道。

我们经过了东方山隧道、峡石隧道、九伦山隧道……

有的隧道比较短，进去几分钟就见亮了，就能看到出口了。有的是隧道群，好几个隧道连在一起，出了这个进那个。我曾一连进了 7 个隧道：戴咀 1 号、2 号，焦赞岭 1 号、2 号，孟良山 1 号、2 号，石堰口。

还没进隧道的时候，远远就会看到树立的标牌，提醒你前面有隧道，隧道的名称一般在隧道洞口的上端，在路边也有蓝牌写着白字，并标示隧道内限速公里数，一般是每小时 30 公里或 20 公里，也有 15 公里的。

进入隧道，刚开始总会有些不适应。首先是眼睛，在大明大亮的室外开车，突然进入隧道，虽也有电灯，但总觉得隧道里太暗了，一时看不清隧道里的景物、标识和邻近的车辆。它需要有几秒钟的紧急适应过程，在这个过程中，要特别当心。万一前面有行驶特别缓慢或突然停止的车辆，就有可能追尾，发生碰撞事故。

一进一出隧道，会对视觉产生巨大的影响。在这两个瞬间，特别要注意把控好方向盘，一点也不能疏忽。

隧道里的道路多是实线，很少有虚线，进入隧道后，不可压实线行驶，一定要按照先后顺序行驶，不可任意超车。在隧道内，一般情况下绝对不可以变道，而且要打开远光灯。

我经过的隧道，有的实在太长，怎么走也走不出去，怎么走也看不到亮光，我甚至感叹这隧道怎么变成了蜀道！

在隧道里一定不可以超过限速开快车，即使隧道里没有别的车辆，也不可以撒欢儿。隧道里的道路相对狭窄，你的视野也很受限制，一旦发生上下坡形路或弯道，处理不及时就会碰撞到洞壁上，那就糟了！

多次从隧道里通过，不断感受到我国高速公路建设的辉煌成就。这样的大山，从山肚子里钻进钻出，看似很容易，但可以想象当时隧道的设计者和建设者们都经历了怎样的艰难，克服了怎样的困苦！

我对隧道的设计者和建设者表示崇高的敬意！

长江，你有母亲的情怀

从沈阳到海南，我在一天里先过黄河，又跨长江。这次返回东北，又一次跨过长江，越过黄河。对于一个写诗的人，这是何等值得纪念、庆祝和感到幸运的美事啊！

我们在4月17日8点20分过黄冈长江大桥，着实让我激动！

长江啊，长江，古今诗人对你有多少激情的赞美！

在驾车从南到北经过这座长江大桥的时候，我想到一个人，他的名字叫胡宏伟，他写出了脍炙人口的《长江之歌》：

你从雪山走来，
春潮是你的风采。
你向东海奔去，
惊涛是你的气概。
你用甘甜的乳汁，
哺育各族儿女。
你用健美的臂膀，
挽起高山大海。
我们赞美长江，
你是无穷的源泉；
我们依恋长江，
你有母亲的情怀……

宏伟小我10岁，是个激情才子。我认识他的时候，他还没当兵，在沈阳医疗器械厂当青工。那时我在长春十六军政治部服役，《沈阳日报》副刊编辑解明老师向我介绍说，家乡写诗的兄弟们中间又有一位小弟弟胡宏伟，挺有才，与高广成等人写出大主题的朗诵诗。过了几年，沈阳的诗友徐光荣来信告诉我，胡宏伟当兵了，他写出的新兵集训打靶和练刺杀的短诗挺有味道，希望我能给提提意见，如果觉得不错，可以推荐给《吉林文艺》杂志。就这样，宏伟的两首新战士生活的诗在刊物上发表了。

等我探亲回沈阳，我见到了宏伟。他的部队驻防在赤峰，后来他又调到了辽宁省军区司令部下属的连队。再后来，我调到原沈阳军区政治部文化部文艺科时，宏伟已被调到军区歌舞团从事专业歌词创作，这让他有了施展才干的艺术天地。他勤奋，刻苦，虚心，好学。1980 年，军区机关举办小型的诗歌笔会，我带着四个人去东北边防线采风，其中就有宏伟。在长白山林海，在延边朝鲜族聚居区，我见识了宏伟不断写出的新作。

1984 年对宏伟来说是一个重要的年份。这一年，他的《长江之歌》应运而生，产生了经久不息的巨大反响。中央电视台的《话说长江》是一部关于长江沿岸地理及人文的25集的纪录片，从1983年开播，播出后反响强烈，成为那个年代最受欢迎的电视纪录片。电视片里有一首主题曲，并没有歌词，但这首曲子的旋律已为大众熟悉。央视向全国征集这部片子的主题歌，提供的曲子就是大家熟悉的主题音乐。宏伟经再三斟酌思考，认真地把这首应征的歌词作品写在一张小小的明信片上，投到了上班路上的一个邮筒里。

而立之年的宏伟参与了这次应征。他接到了央视邀请其参加颁奖仪式的通知，但他并不确定自己的作品会得奖，因为央视邀请了很多人到场，表明应征作品具有大众性。宏伟临行的那天下午，战友请他吃饭，他从饭局直接到了我家。他给我带了一铝饭盒的酱肉、香肠等熟食，并与我说到应征写歌词的事儿。他就是这个晚上乘坐火车去北京的。在北京的颁奖礼上，他拿到了这个对他的艺术生命有绝对意义的大奖。

3月24日晚，在中央电视台演播室内，《话说长江》专题音乐会的主持人陈铎和虹云走到台前，神秘地说：“可以告诉大家，主题歌的词作者就在演播室里，就在你们之中。不过，到此时此刻为止，他自己还蒙在鼓里，不知道自己中选了呢！”陈铎和虹云两位德高望重的主持人在众人急切的目光里，不紧不慢地向观众席走去。

他们在一个身穿军装的年轻人面前停了下来，说：“词作者就是这位年轻的军人胡宏伟同志！”虹云把话筒伸给他：“做一下自我介绍吧！”

刹那间，照相机、录音话筒、录像机都凑了过来。宏伟显然一点思想准备都没有，满脸通红。就在刚才，他还以为，这次电视台邀请他是让他来捧场的。他甚至猜测，获奖的应该是某某名家，或者是某某居住在长江边上的得天独厚的作者。他腼腆地说了一句：“我是沈阳军区歌舞团的创作员。”虹云笑了，把话筒递到他的嘴边：“胡宏伟同志，大家肯定都想知道，您此时此刻有些什么感想？”宏伟稍作思考说：“我现在的心情，打个比方吧，就像一条刚刚走出山谷的小溪，来到大江边。这里的大江不是指别的什么，就是在座的老前辈和年轻的同行，以及此刻正坐在电视机前和我们一同观看晚会的千千万万的观众。”他说得多么好啊！即使现在回顾他这段经历，这段言谈，仍觉得是那么准确而充满诗意，体现了宏伟一贯的谦逊和质朴。

长江，是一条充满生命力的大河；《长江之歌》也是一首活力四射的大歌啊！

生活有趣，也很有意义

我们平凡的生活中蕴藏着美，蕴藏着很多不平凡的意义。

2006年在沈阳召开的《胡世宗日记》座谈会上，诗友丁宗皓在发言中就谈到一个作家要能够发现日常生活中的意义，他说："一个作家如果在日常生活中看不到意义的话，是危险的，他的思路将会很狭窄。"每天记录生活，就是从看似平淡的生活中发现一般人不容易发现的意义。丁宗皓谈到的这一点，使我受到特别大的启发，要在平凡的、平淡的生活中随时随地发现美的东西，在小的方面说就是有意思，在大的方面说就是有意义。

从开封市通许县高速公路朱砂服务区出来，我见到一块大的指路牌——“G45 大庆至广州高速公路”，上面还有“大庆方向”四个特别显眼的字，这四个字是我的一颗定心丸，表明我的大方向没有错。向北，回家！

我们从高速口上来，见到了第一个里程牌，它在道路前进方向右侧高速护栏上的，并不是很高很大，但也很显眼：“1998”，我脑子飞转，想到这个数字背后的内涵。1998 年，是海泉大学毕业后离家“北漂”，闯音乐世界，刚刚出成果的年份。那一年，我到北京开会，见到儿子，他在一家小馆里请我吃饭，父子俩要了两个菜，还喝了一瓶啤酒。海泉说他开始忙碌起来了，白天写歌做迷笛，晚上去酒吧唱歌，那一年他 23 岁，刚刚出道！

我和老伴儿说起这些往事，突然来了灵感。每到一个里程牌，就快速地讲出这年我们本人、家族、单位、国家、世界，都有哪些值得纪念和回忆的事情。

我们迅速地确定了规则，并赞同进行这样一个积极思维的游戏。

车子开出一公里，不到一分钟。在这样短促的时间里，由一个里程数字立即想出相关的内涵，是有一点紧张。但我们就是这样一公里一公里地驶过，让自驾的生活充满了意义和乐趣。

生活中这样的意义和乐趣是需要寻找的，要有一颗追寻意义和乐趣的心灵。

“1997”——看到这块里程牌，我们立即想到，这是我们小外孙段治先出生的年份！这小子，从小学一年级就住校，考上东北育才学校超常教育实验部即“少儿班”，13 岁出国留学，15 岁考上剑桥大学，如今已经硕士研究生毕业了。

“1996”——这是海泉大学毕业的年份，也是他离家去北京追求自己梦想的年份。这时候，未来对海泉来说还是一个未知数，但他开始做自己喜欢的事情，这也是作为家长——我和老伴绝对支持他做的事情。我们不懂音乐，但懂得对子女最大的尊重，就是弄明白他（她）喜欢做什么；对子女最大的爱，就是全力支持他（她）做好他（她）钟爱的事业。

“1995”——我们闺女海英和段承钧在这一年的4月成婚。婚礼上，在校读书的海泉给他姐姐写了一首歌《给出嫁的姐姐》：“姐姐你就要走了吗？我现在有太多的想法，姐姐你真的爱他吗？如果爱就嫁给他……”“姐姐不回头的走吧，山高水长和他一起去跨。姐姐别忘了我的祝福，别忘了我们一起长大的家！”海泉第一次在众人也是在家人面前展露了他的音乐才华。

……

就这样，我们像董卿主持《中国诗词大会》一样，在极短的路程上，把这个里程牌上的数字，抢着说与我们命运的关联。一年，一年，又一年，这一个个普通的数字，与我们，与我们家人，与我们的朋友，甚至与我们的国家和我们生存的这个世界，有那么亲密的联系啊！

我们欣喜地迎接着一段段里程，回顾着我们所经历的难忘的过往。

很快就到了“1980”，这是我首次来海南和南海的年份。我和来自原沈阳军区的另外 28 位同事一起慰问了守卫在南海西沙的海军将士，第一次到天涯海角，第一次到鹿回头，我们参观了海南茂盛的植物园、橡胶园、沙滩、椰林，感受这里渔家祖祖辈辈征服大海，守卫祖国领海的业绩。

“1976”“1975”——这两年，我来到北京，在位于王府井大街的人民日报社文艺部实习。其间最重要的经历，是和著名作家、诗人、编辑家袁鹰先生远赴云贵高原，沿着当年中国工农红军走过的长征路进行采访。还到刚发生过大地震的唐山采访报道，参加毛泽东主席追悼大会的采写工作。

“1973”——这一年，我的第一部诗集《北国兵歌》

由吉林人民出版社出版。这本诗集印行111 000册，收入了我在连队当兵所写的部队生活短诗。当时没有稿酬，出版社给了我20本样书。我母亲还到新华书店买了儿子出的这本小册子。

“1969”——这个数字让我们一下子都懵住了，因为觉得没有什么事件和事情可以回忆。很快，我们俩几乎同时惊呼起来，这个年份怎么可以被忘却？这是我们俩“发昏”结为夫妻的年份啊！这一年我们有了自己的小家，才有了后来的故事。

“1962”——哈，这一年，我到部队当兵了，当时怎么也不会想到会当一辈子兵，最后在部队退休。我永远感激我的军营，我的首长，我的战友。是军营这所大学校培养了我，是军营这座大熔炉冶炼了我。如果不当兵，我也可能做文化工作，也可能坚持写作，但不会像在部队里得到如此长足的发展。部队里的首长特别重视培养人才，只要你有特长，是部队建设需要的，首长就会极力支持和帮助你。我在连队写的诗，发表在报纸刊物上，首长比我还高兴。我第一次在军队报纸上发出小诗，团政治处宣传股胡副股长带着报道干事罗丛林、廖正宽来到我们连队，给我们连道喜，向我贺喜，给我送来了红格稿纸和一瓶钢笔水。

“1958”——这也是我难忘的一年。这一年我15岁，在沈阳市第二十二中学读初中二年级，我的一首24行小诗《给阿拉伯小朋友》发表在《辽宁日报》上，这是我最先见报的处女作，从此开启了我的诗歌和文学之旅。

车轮在滚动着，我们一年又一年地回忆着。

很快就到了“1944”和“1943”，这是我们俩出生的年份。这对于别人可能是极为平凡的年份，可是对于我们，是有没有生命极为重要的年份啊！我们感激地回忆我们的父母，他们让我们来到这个世界，让我们延续他们的生命。我把车子开得慢一点，尽量靠到右手边，让副驾驶摇下车窗，将这两个非常重要的数字拍下。

过了这两个我们的生年数字后，我们基本上停止了今天旅行中的这个即兴感悟的游戏，因为在 1944 年之前的年份，我们还没有出生，哪能有什么回忆？

我驾车开上了开封黄河大桥，你看，你看，这桥上的里程牌，数字是“1921”——啊，一个是黄河，一个是 1921，这两个词语组合在一起，你说神不神？你说有没有诗意？就是一个不写诗的人，在这两个词语面前，也会激情昂扬吧？

在长途驾车的路上，这样一个小小的发现，让我们这一段旅程没有虚度，精神上得到极大的满足，几百公里行车没有感到丝毫的疲劳和困倦，多么好啊！

时光啊，生活啊，人间啊，记忆啊！我周身充满了力量！

黄河，黄河，你还在咆哮吗？

又一次驾车在黄河大桥上驰过，又一回让我激情荡漾！

“风在吼，马在叫，黄河在咆哮，黄河在咆哮……”

“黄河之滨，集合着一群中华民族优秀的子孙……”

有多少激荡我心灵久久不会平息的旋律，让我感受到黄河的雄浑和伟大！

此刻，我想到青嫩的魏巍曾面对黄河写出他的处女作——《黄河行》，那时他才 17 岁。

此外，我想到最多的是我熟悉的老诗人张光年（写诗的笔名光未然）。我曾多次坐在他家的客厅里，与他面对面交谈，他给我详细地讲过《黄河大合唱》诞生的难忘历程。他的讲述于我而言也是刻骨铭心的。

光未然在他23岁那年即1936年5月写出了后来轰动全国的《五月的鲜花》歌词："五月的鲜花开遍了原野，鲜花掩盖着志士的鲜血……"诗人用直抒胸臆的诗句，表达对抗日烈士的崇敬与怀念。这首词不是单纯的歌词，而是诗人在武汉创作的独幕剧《阿银姑娘》的序曲。

1937年的五六月间，作曲家冼星海等人领导上海救亡歌咏运动，到处教唱这支歌曲。光未然就是在练唱《五月的鲜花》歌咏大会上结识冼星海的。冼星海比他大8岁，刚到而立之年。

光未然曾到冼星海家做客，见到了冼星海的母亲。他们为相识而庆幸。冼星海邀光未然写纪念革命作家高尔基逝世一周年的歌词，光未然第二天就把歌词给了冼星海，这是他们的第一次合作。

1937至1938两年间，光未然与冼星海二人合作了十多首歌曲，其中有《新中国》《新时代的歌手》《拓荒歌》等。

1939年春天，光未然在晋西吕梁游击区山沟里坠马负伤，躺在担架上，村村转送，他又一次渡过黄河，被送到延安边区的医院诊治。抗敌演剧第三队的同志们护送他到延安。

三队的同志们是到延安汇报的。他们到医院看望光未然，说到很需要上演的节目。冼星海也到医院来看他，希望与他再次合作。

光未然两次惊心动魄过黄河，产生了创作灵感，本来要写一首标题为《黄河吟》的长诗，由于演剧队战友们和冼星海的热望，他把创作计划改为《黄河大合唱》的歌词。

当时，光未然的左臂摔伤后，肿胀难耐，躺在病床上口授，由三队的胡志涛代笔完成的。初稿出来后，他把冼星海和三队的战友们请到西北旅社一间宽敞的窑洞里，开了个小小的朗诵会。他把写出的歌词念给大家听，还谈到自己的写作动机，以便冼星海谱曲时参考。冼星海凝神听完后，一把将这组歌的歌词抓到手上，说了一句：“我有把握把它写好！”

那时正是“自己动手，丰衣足食”开展大生产运动的时期。冼星海每天和鲁艺师生一起上山开荒。

在3月运动停止的一段时间里，冼星海有较充足的时间在小窑洞里日夜赶写。当时，他和夫人钱韵玲住在一间小窑洞里，土炕上架着木床，有张小书桌，冼星海就在这张小书桌上用两天的时间写出了著名的《黄河大合唱》的全部曲谱。冼星海喜欢吃糖果，但延安买不到糖果。光未然知道他有这个喜好后，便买了两斤白糖送给他。白糖放在桌上，冼星海写几句便抓一撮放到嘴里，瞬间化成了美妙的乐曲。写完后他征求光未然的意见，说可以随便地改。《黄河船夫曲》《保卫黄河》《怒吼吧，黄河》原稿气势宏伟，马上便由演剧队练唱。《黄河颂》《黄河怨》两个独唱曲，冼星海听了大家的意见后全部推翻重来，第二天便交出新稿。第二稿《黄河颂》试唱后，大家希望个别地方再改一下，冼星海竟然把第二稿撕掉，第三天又拿出了新稿。冼星海经过六天六夜完成了创作，一周后又拿出了配器曲。

几天后，在陕北公学大礼堂，抗敌演剧第三队不足 30 个人的合唱队员站在这个舞台上试唱成功。很快，冼星海组织并指挥 500 人在延安演出了这个节目。这时，光未然已离开延安到外地疗伤去了，未能看到演出的盛况。

光未然详尽地给我讲述了《黄河大合唱》创作的经过和后来越来越大的反响。光未然曾亲临现场观摩了 1944 年昆明学生运动演唱的这个节目和 1946 年北平进步青年组织的星海合唱团的演唱。

1985 年，香港举行为期半个月的“黄河音乐节”，在这个音乐节上，千人演唱《黄河大合唱》。1987 年，济南山东艺术节1400人演唱的《黄河大合唱》。这都是文艺界的盛事，光未然都没能到场观看。

1986年，光未然赠给我一本由上海文艺出版社出版的《田汉光未然歌词选》，他在环衬上题写了一段话："这本选集是出版社编的，校样我来不及看，事后也未全看，不知错字是否有……"我重读这本歌词选中的《黄河大合唱》，仍强烈地感受到它给人的巨大鼓舞力量：

啊！黄河！
你一泻千里，
浩浩荡荡，
向南北两岸
伸出千万条铁的臂膀。
我们民族的伟大精神，
将要在你的保育下
发扬滋长！

我们祖国的英雄儿女，
将要学习你的榜样；
像你一样的伟大坚强！
像你一样的伟大坚强！

重温这些感人肺腑的诗句，哼唱着《黄河大合唱》那不朽的乐章，怀念已逝的前辈诗人光未然……

开封黄河大桥于2004年9月开工建设，总投资约20亿元，全长7858米，主桥长1010米，桥宽37.4米，被称为黄河上最漂亮的一座斜拉桥。

车轮在疾驶着，我在跨越黄河的瞬间，泪水止不住地往下流淌。

所有为我们民族奉献了青春和生命的前辈们都是我们前进的路标。

朋友！
你到过黄河吗？

你还记得河上的船夫

拼着性命

和惊涛骇浪搏战的情景吗？

黄河远上白云间，一片孤城万仞山。

黄河，黄河，你还在咆哮吗？

随遇而安与归心似箭

离家数月，很多人会归心似箭。

我们好像没有这个感觉，因为只要我们两个人在一起，哪儿都是家。

有一回，我们的一对好朋友吕永著和王淑华也来海南，他们住在东海岸，王淑华老说，想家！想家！我们就问她，你们俩都来这里了，还想什么家呢？她说想孩子！这也是的，家，包括孩子和孩子的孩子。但她又说，想的是住了许多年的那个屋子！屋子里的锅碗瓢盆和家具家电。这就是一个人的念想，烙在了心里。

人，应该有随遇而安的秉性。

俗话说："不如意之事十有八九。"人的一生根本不可能永远都是风平浪静的。人生遭际不是我们的个人力量所能左右的。在诡谲多变、不如意事常存的环境中，唯一能使我们不觉其拂逆而使心情放松的办法，就是要使自己做到"随遇而安"。

橘生淮南则为橘，橘生淮北则为枳，是何缘故？水土不同是也。想一想，人如果像此橘，应该如何应对呢？当今这个社会千变万化，每个人一生当中所处的环境不会一成不变。有大智慧的人都认为，坚持自己的信念，随遇而安。

在网上看到一则随遇而安的小故事：

> 很久以前，有一个寺院，里面住着一老一小两位和尚。
>
> 有一天老和尚给小和尚一些花种，让他种在自己的院子里，小和尚拿着花种正往

院子里走去，突然被门槛绊了一下，摔了一跤。手中的花种洒了满地。这时方丈在屋中说道“随遇”。小和尚看到花种洒了，连忙要去扫。等他把扫帚拿来正要扫的时候，突然天空中刮起了一阵大风，把散在地上的花种吹得满院都是，方丈这个时候又说了一句“随缘”。

小和尚一看这下可怎么办呢？师傅交代的事情，因为自己不小心给耽搁了，连忙努力地去扫院子里的花种，这时天上下起了瓢泼大雨，小和尚连忙跑回了屋内，哭着说，自己不小心把花种全撒了，然而老方丈微笑着说道“随安”。冬去春来，一天清晨，小和尚突然发现院子里开满了各种各样的鲜花，他蹦蹦跳跳地告诉师傅，老方丈这时说道“随喜”。

对于随遇、随缘、随安、随喜这四个“随”，可以说就是我们人生的缩影，在遇到不同事情、不同情况的时候，我们最需要具有的心态就是“随遇而安”。而且，一个人如能不管际遇如何，都保持快乐的心境，那真比有百万家产还有福气！

大文学家苏东坡曾经多次被流放，可是，他说，要想心情愉快，只需要看到松柏与明月也就行了。何处无明月，何处无松柏？只是很少人有他那般的闲情与心境罢了。如果大家都能够做到随遇而安，及时挖掘出身边的趣闻乐事，甚至于去找寻苍穹中的闪耀星星，这样，就是环境没有任何改变，你的心境从此也会大不一样了。

环境往往会有不尽如人意的时候，问题在个人怎么面对拂逆和不顺。知道人力不能改变的时候，就不如面对现实，随遇而安。与其怨天尤人，徒增苦恼，就不如因势利导，适应环境，从既有的条件中，尽自己的力量和智慧去发掘乐趣。从容地由不如意中去发掘新的前进道路，才是求得快乐与安静最好的办法。

我们不像苏东坡一样是被贬责、流放到海南的，我们是来寻找自己认为更加舒适、更加安逸的生存环境的。所以我们为什么不能随遇而安、乐享其成呢？

回家，可能有一种超常的驱动力。我觉得我开车去海南和开车回沈阳，两相比较，还是开车回沈阳更顺利、更快捷。

车过黄河，我经过一个又一个服务区：封丘、滑县、濮阳，进入河北境界，过豫冀收费站。总觉得车行太快了。

在河北第一个服务区，我买了五福佛黑檀雕塑，五福分别是“长寿”“富贵”“康宁”“好德”“善终”。无论是在国内还是在国外旅行，我特别喜欢买一些好看的小工艺品，各国、各地的工艺品都有当地的特色，是非常好的旅行纪念。有的服务区卖的是在全国任何一个地方都可以买到的完全通用的工艺品，没有什么意义，就没有购买和保存的价值。我们在这个服务区还买到了两个玉石小兔子，一大一小，非常生动，白白的身子，红红的眼睛。因为儿子和孙女都属兔，他们的生日又在同一天，恰好可以作为生日礼物提前购买，届时送给他们。

这天的中午，我们到了衡水服务区。

来的时候，我们就曾在这个服务区休息。女婿承钧专门告诉我们，一定要买这里的衡水老白干尝尝。我知道我国著名诗人贺敬之年轻时是擅酒的，十几岁就会喝。敬之告诉我，他曾一度只喝衡水老白干。他喜欢这个酒的烈性。

因为这些，我们对衡水老白干有了几分亲切和熟悉。我酒量不行，也不喜酒，但也买了一个半斤装的圆细磨砂瓶的衡水老白干。到了长沙，我们住在服务区，晚餐就把这瓶酒打开了，我们俩对饮了一两半的样子。离开餐桌时竟然忘记把剩下的酒带走。等我们想起这事回头找酒的时候，只见我们刚才的座位上，有一个小伙子正在自酌自饮这个酒。真的是太有趣儿了！

一路都要补水

我们这一路非常重视补水。我在这里说的补水，不是美容概念，不是通过使用护肤品和维持身体水分平衡两种手段来维持肌肤，尤其是面部肌肤表层的含水量。我说的补水，是补充体内的水分。

平时我们在家也十分注重补水，每天都保证足够的饮水量。

人体内的所有的细胞都不能没有水分，所有的细胞都需要水分。构成人体的主要成分是水。血液循环、消化系统或其他的化学作用都需要靠水来完成。

感到口渴时，就是人体缺水的信号。正常人每天需要摄取的水分大约是 200 毫升的杯子八杯左右。

水既是人体的清道夫，又是人体的守护神。每天经过我们肾、肺、肠、消化分泌及皮肤等流失的水分至少有八九百毫升，如果我们想让水在我们身体内发挥医疗之效，那就不能忘记每天都要喝足够的水。

几十年来，我每天早上起床后，要空腹喝一杯蜂蜜水。后来有人告诉我，最好是空腹喝白开水，我就先喝几口白开水，隔一小会儿再喝蜂蜜水。每天一小汤匙蜂蜜，我已喝了几十瓶蜂蜜了。蜂蜜是从开花的植物中采得的花蜜，然后在蜂巢中酿制出来，具有清热、补中、润燥、止痛、解毒、美容养颜等功效，对许多疾病都有辅助的疗效。蜂蜜可改进血液的成分、心脑血管功用、肝细胞再生以及抑制脂肪肝的形成、润肠通便、消除疲劳，也可增强人体对疾病的抵抗力。

每天上午 9 点至 10 点之间，我还要喝一杯咖啡。这也是我的几十年的习惯。

年过 70 之后，我听从朋友的劝告，白天要喝一定量的水，夜里也要补水。年纪大了，起夜次数多了，每起夜一次，都要喝几口温水。不怕再起夜，不能顾着晚上不起夜就不补水。

在国内外旅游，我也尽量坚持这几个习惯，尽量不打乱补水的次序。我从来不为路上去洗手间不方便而减少饮水的数量。

有人说，不爱喝水的人，眼睛里都缺少光泽。说一个人有水灵灵的眼睛，就是有喝水的好习惯。我觉得这个说法不太科学。但爱喝水的人，血液循环会更好。

大家常说，女人是水做的，我说，男人也是水做的！

用上的和用不上的

为了这次自驾，我们在思想上做了充分的准备，在物质上也做了充分的准备。

保障行车安全的物品，如灭火器、千斤顶、停车警示牌，是万万不可少的。每次车检都必须把停车警示牌拿到车窗上展示，红色三脚架在许多时候都是很重要，我始终把它放在后备厢里。

笔记本电脑、写作用的资料书、硬盘、U 盘和各种充电器材和连线，老伴用的十字绣一套针线家什，都是必带的。

从沈阳出发时，我把将到海南衣食住行用的物品，尽可能地放到车上，包括米、面、油，还有土豆、菠菜、大白萝卜、西红柿、黄瓜、甘蓝、生姜、大蒜、大葱，不仅有整箱的牛奶、苹果、梨、花生、葵花籽、核桃、金丝枣、月饼、萨其玛、腊肠，还有一篮子自腌的鸭蛋和土鸡蛋。你怎么也不会想到，这些鸭蛋和鸡蛋，跑了3500公里之后，经一路的颠簸，竟然没有一个破裂、损坏的！可是，经过七天七夜车温的折腾，这些蛋都不能吃了，都变质了！

为了路上饮水方便，我们买了稍大些的保温瓶，可以放进几瓶矿泉水。我们一路带着它，尽管一次也没用上。

为了这次自驾，我们装备的另一件宝贝——8H多功能护颈枕，这个枕套里装的是天然乳胶颗粒，这个家伙还是很好用的。在我们行车时，也可以套在脖子上，让脖子有安靠感，而不是悬着的。在停车放倒座位需要躺着眯一觉时，把它套在脖子上，就是一个舒适的小枕头。有时腰感觉不舒服，也可以把它系在腰上。晚上在宾馆睡觉时，还可以用它垫脚。

还有朋友建议我备一副墨镜，说长途驾车，戴墨镜能够防止强烈阳光的照射。可我不习惯戴墨镜，虽然预备了，基本上没用到。在阳光强烈的时候，我把车窗上的遮阳板拉下来，就完全可以防止阳光直射到我的眼睛。

我们还带了一个插电白钢水壶，便于在路上烧开水。没有想到在任何一个大小酒店、宾馆或服务区客房，都有电水壶。

出发前，我特地到书店买了一本中国公路图册，也没有用到。

在副驾驶座位前，我们挂了一个小垃圾袋，把梨核儿、枣核、矿泉水空瓶、用过的餐巾纸之类的垃圾置放在里面，万不可在路上或服务区内，随手打开车窗扔到外面，这是必须遵守的公共道德。

伴春风，回原点

有始有终，有去有回，是我们这次自驾海南追求圆满的愿望。

我们离开沈阳后的七天七夜，我们人和车乘坐轮渡大船越过雷州海峡，从大陆运载到海口港。在海口，曾与我们共同经历环球游的朋友刘克强、王建华为我们接风。共进午餐之后，我们在椰林夹道的海岛高速公路上，迎着海风驱车两个小时到了住处。

我们离开这里几个月了。

当我们打开门窗，在阳台上，伸手可以触摸到椰子树宽大野性的叶子，听到好听的鸟鸣，看到小松鼠在椰树枝干上爬上爬下，它那机警的眼睛四处张望着。我想，这是不是去年来时我见到的那一只呢？如果是，它有没有记忆呢？会不会想，嗨，这个老家伙又回来了呀！它一定不会晓得这一次我是自己开车来的呀！我可以借用优秀小品演员孙涛那句风靡全国的台词，对小松鼠说："我骄傲！"

看各种不知名的小花儿开放得异常灿烂，一颗颠簸奔波的心立即安稳下来。

对于我，最重要的是要有一个进行"公务"的平台，放置在阳台上的一个小圆桌，一把简便的藤椅，接笔记本电脑电源的插板……

这个安静和舒适的小环境，就是我的天堂！

有朋友对我说，你都多大年纪了，就享享清福吧，也不缺吃少穿，现在要什么有什么，不应该颐养天年吗？好好歇歇，好好玩玩，就可以了呀！

可能我和别人不太一样。我在写作中能寻找到我的价值和快乐。我有太多可以写出来的东西，我给自己安排了一大堆写作任务。这个任务不是任何人给我安排的，也不是任何报刊、出版社的约稿，是我自觉自愿要完成的。我有这样的使命感。

我在这里完成了我和陈广生合作的写雷锋从入伍到牺牲全程的人生经历的《伟大战士》(中国大百科全书出版社 2018 年出版)，纪念中国人民解放军建军九十周年的一部 12000 行长诗《我们的军旗》(春风文艺出版社 2017 年出版)。

安稳地坐在这里，能静心快乐地写作，不也是这次远途奔波所期待的吗?

转眼间过去了半年之久，候鸟又到了北飞的时候。

既然我们能开车来，为什么不能开车回?

就这样我们又驾车回到了原点——沈阳。

接下来是一个又一个亲友排队给我们安排的接风宴，一场又一场汇报自驾的演讲活动。这其中最让我受益和感动的，是为《沈阳日报》万泉文学社所做的《自驾海南与文学体验》的讲座，这完全是亲密的互动式的课堂。我与年轻的文友们愉快地交流着，在座的每个人都给我出主意，假设要把这次自驾行写一本书，应该怎么写，写什么。

盖云飞说：“这不仅是一个自驾攻略的书，而是启迪人生的书。”

孙俊说：“你要写出你一路的经历和你一路的思考。”

李发明说：“这不是你一个人的挑战，你是代表一代人在挑战啊，这会激励和启发很多人！”

李雁说：“一个人应该如何随性生活，如何洒脱地生活，你给大家做出了榜样。”

赵勇说：“你们这一代，是奋斗和苦难的一代，有人认为到老年了，只有放松地休闲了，什么也不要做了，该彻底歇着了，这也不完全对！你的挑战让人们进一步认识到生命的价值，积极向上到哪个年龄段都不该放弃，都应该是主旋律！”

王光凯说：“热爱生活，发现生活中的美，应始终是一个人生命的追寻！”

董斌、吴汉利、徐晓棠、李雁、毕林旭等人都鼓励我要遵循真实的原则，把一路的见闻和体验写出来。他们说：“我们会是你忠实的读者！”

我将把我自驾海南的见闻、体会、感悟，尽快告诉给我的朋友们!

后 记

经历了与新冠疫情坚韧的搏斗之后，我们伟大的祖国取得了令全世界瞩目的抗疫成就。

长达数月宅家的日子，大道车稀、万巷人少的日子，终于过去了！

在那些日子里，我曾无数次怀想自驾长途旅行的浪漫和快乐的时光……

这本小册子之所以能够问世，完全是中国大百科全书出版社社科学术分社两位负责人程广媛和曾辉的无私支持和热情激励的结果。

在我自驾走完单程——即从沈阳到达海南的时

候，程广媛和曾辉两位朋友从我的微信朋友圈看到了我每天的行踪，他们就明确地向我约稿，他们希望我把自驾的经历写成一本书。

于是，我便向我的亲友广泛征集如何写好这本书，竟然有几百人给我出了很多很好的主意。

文学是生活的反映。可我认为，活生生的生活本身，比任何文学都更加珍贵。

生命的体验对于一个人来说，是一次性的，是不可重复的。自由开心地活在当下，活得幸福快乐，比文学重要一万倍!

以古稀之年（岂止是古稀啊，已届七十有五）自驾到海南，又从海南自驾回沈阳，这是我的一次重要的生命体验。要把生命体验变成文学体验，写成书，需要我精细的回顾、认真的思虑、合理的构思和从容的落笔。

这本小册子，是我和老伴此次自驾行的纪实，同时也融入了我大半辈子人生和创作的经验，是这次旅行的描摹，也扩展到在路上我想到的一些难忘的人和故事。

如果没有祖国40余年的改革开放，如果没有祖国70余年的巨大成就，肯定不可能有我这次横穿祖国南北的自驾，甚至不可能有我和众多朋友像候鸟一样天南地北地飞来飞去。若是在几十年前，这就是遥不可及的美梦。如今，这个美梦成真了！我为我们伟大的祖国日新月异的变化感到自豪和骄傲！

2015年，我和老伴乘坐邮轮，从上海出发绕地球一圈又回到上海，到达18个国家和地区、28个港口城市，进行了86天的环球之旅。我回来后，写了一本书——《地球是圆的》。

这本自驾海南的书名令亲友和编辑颇费心思。原来我想叫《车轮是圆的》。车轮是圆的，是向前滚动的，我们不能踞守在一处原地不动，我们的路就在脚下，就在车轮滚动的前方……

还是编辑视野更为广阔，帮我起了现在的书

名——《一路向南》。我在第一时间听到这四个字的时候，就无比地认可。是啊，我们奔着温暖一路向南，义无反顾！

我必须感谢海泉为这本小书作序。从他的序文中，我感受到了儿子对我们无比贴心的关爱、始终的孝敬和给予我们的鼓励与鞭策。尽管他和我的女儿、女婿一样，从一开始到今天——真的直到今天——都是我们老两口自驾远行的强烈反对者。

胡世宗

2020 年 10 月 15 日